KB252777

아내의 여우목도리

아내의 여우목도리

전광우

새미

보람과 용기

　이순耳順의 나이를 지나고 보니, 그 동안 살아온 생에 감사하면서 바라보고 느낀 생각들이 주마등走馬燈처럼 지나는 아쉬움과 후회들이 교차합니다. 아울러 느낀 일들을 흔적으로 남기는 일에 망설임이 솔직한 심경입니다. 울분과 탄식 그리고 사회의 혼란과 어지러움을 간과하기 어려웠을 때, 여기저기 매스컴에 토로吐露했던 글들을 모아 졸필을 엮었습니다. 어느 누군가 동감의 뜻이 통한다년 더없는 즐거움이면서 이 책을 묶는 보람으로 여길 것입니다.

　언제나 용기를 주었던 아내에게 고맙다는 말을 하고 싶으며, 이 글을 내놓기 꺼려했던 저에게 힘을 주시고 이끌어주시며 감수해주신 채수영 박사님에게 무한한 감사를 드리오며, 이 글을 읽어주시는 모든 분들께 하나님의 은총이 함께하시기를 기도드립니다.

2011년 3월

봄이 오는 소리를 들으며

전광우 삼가

목차

전광우 수필의 특성

제1부

me too 인생

퍼주는 것만이 능사가 아니다.

우리의 옛 속담에 '외상이면 소도 잡아먹는다.'는 이야기가 있다. 인간의 행복은 권력이나 부에 있는 것이 아니라 마음에 있다고 본다. 그리고 인간은 편하려고 하면 점점 더 편하고 싶어 하는 습성이 있기에 '말 타면 종 부리고 싶다.'는 속담이 있듯이 사람의 욕망은 한도 끝도 없어 채워지지 않는다. 지금 선진국이라고 하는 나라들인 스위스를 비롯한 일본 등은 나라 돈으로 국민들을 현혹하여 정치인들이 집권 욕에만 혈안들이 되어 '공짜'로 퍼주다가 나라가 부도 위기에 놓여 있다. 진정한 빵의 맛은 땀의 댓가가 있을 때 참 맛을 알 수 있듯이 자신의 노력이 가미된 빵을 먹을 때만이 내 것이라는 의미의 빵이 되는 것이다.

그런데 정치 누리꾼들이 국민들의 인기를 얻기 위하여 소위 복

지정책이라는 사탕발림 정책으로 정권을 잡아 보려고 여. 야가 혈안들이 되어 있다. 나의 부모님은 배우시지는 못 하였지만 항시 가정을 꾸려 나가는 데는 '빚만 없으면 된다.'라는 말씀을 자주 하셨다. '우선 먹기는 곶감이 달라.'라는 말이 있듯이 내 수중에 없는 돈을 남에게 빌려서 무엇을 하다보면 망하는 경우를 우리 주위에서 많이 보아왔다. 그리고 친인척이나 가족 중에 얻어먹는 습성이 있는 사람은 평생을 얻어만 먹고 싶어 하다가 한평생을 보내는 사람들도 보았다. 하기야 어려울때 조그마한 도움을 주면 큰 힘이 되어 인생에 있어서 디딤 목이 되어 성공한 사람도 있기는 하다. 그러나 자수성가한 사람들은 대부분 누구의 도움을 받기보다 자신의 피나는 노력으로 실패를 거듭하여 춥고 배고픈 생활을 이긴 자만이 성공의 열매를 따먹을 수 있었다.

지금 우리나라를 휩쓸고 있는 구제역을 한 번 살펴보자. 정말 재앙이라고 볼 수밖에 없다. 애지중지 키우던 자식 같은 동물들이 죽어 묻히는 광경을 차마 눈뜨고 볼 수 없는 모습을 볼 때 애간장이 타들어간다. 그런데 어느 신문보도에서 구제역이 발생된 국가를 여행하는 것을 누가 반대하지는 않는다. 그러나 자신이 가축을 키우는 사람이라면 철저한 방역을 한 뒤에 집에 들어왔어야 될 것인데 그러지 않았다는 것이다. 우선 일차적인 책임은 자신에게 있다는 것을 알아야한다. 구제역에 대한 보상도 무조건적인 보상을 해서는 안 된다. 철저한 조사를 한 뒤에 형편에 맞는 보상을 해야만 된다.

비슷한 예를 들어보자 어느 한 사람이 도둑질을 하다가 발각되어 담을 넘다 다리가 부러져서 다리를 절단했다고 하면 그자는 장애인이 된 것이다. 그 사람을 국가가 인정하는 장애인으로 분류하여 평생 장애인 수당을 지급한다면 옳은 것인가? 잘못된 것인가? 정치인들이시여! 당신 돈이 아니라고 당신들의 명예와 권력을 위하여 퍼주면 퍼주는 당신도 망하고, 그것을 받아먹는 사람도 망하고, 덩달아 선량한 국민들도 망한다는 진리를 깨달아야만 된다. 얼마 전에 뇌물수수비리로 무더기로 정치인들이 인생 망치는 광경을 우리는 똑똑히 보았다. 그것이 전부가 공짜 좋아하다가 패가망신 한 것이다. 송나라 때의 소강절 선생은 '어제까지 나의 것이 오늘은 남의 것이 되었네. 오늘 나의 것이 내일은 또 뉘것이 될 줄 어찌아랴.' 석일소운아昔日所云我 이금각시이而今却是伊 부지금일아不知今日我 우속후래수又屬候來誰리고 말한 것과 같이 사람이란 이처럼 물질에 초연할 줄 알아야만 가슴속에 고뇌를 씻어 버리고 행복해질 수 있음을 일깨우어 주고 있다. 국가나 가족이나 무조건 퍼주는 것만 능사가 아님을 알아야만 되겠다.*

이젠 우리도 할 말은 하고 살자.

시진핀 중국국가 부주석의 '항미원조전쟁抗美援朝戰爭은 침략에 맞선 정의로운 전쟁'이라고 발언한 것은 중국정부가 일찍이 정한 정론 이라고 떠들어 대고 있다 6·25전쟁은 북한 괴뢰 집단이 불법 남침한 것은 세계기구인 UN에서 결의하여 16개국 나라에서 직접 병력이 참전했고, 67개국에서 의료지원과 물자지원을 하여 김일성 도당들의 적화 통일을 물리 친 것은 국제적으로 남침을 인정한 것이며. 중국과 소련은 6·25전쟁의 배후에서 협조 동의하에 중국은 70여만 명의 병력이 참여해서 우리에 통일의 기회를 막았고. 소련은 탱크를 비롯한 전쟁 물자를 사전에 지원 하여 남침 했다는 것은 삼척동자도 다 알 수 있는 사실인데, 이제 중국이 배가 좀 불러서 살게 되었다고 떠벌리고 있는 것은 북한 김정일이 천안함 폭침과 김일성 3대 세습으로 북한국민들을 더욱 기아와 억압을 가중 시키는 결과를 가져오고 있다는 사실을 똑똑히 알아야만 된다.

이제는 우리나라도 세계 열강국들과 어깨를 견줄 수 있는 경제력과 국방력도 갖추었다고 볼 수 있기에 굴욕적인 외교로 중국에게 너무 아부하거나 굴욕적인 외교로 중국에게 참을 필요가 없다. 할 말은 하고 따질 것은 따져서 다시금 지금과 같은 망언을 하지 못하게 하고 우리에게 얼마의 손실이 있다 해도 더 이상 참아가면서 굴욕적인 자세를 가질 필요가 없다. 역사적으로 그들은 우리를 항시 멸시 해왔으며 조공을 바치고 아부하던 치정자들도 있었지만 고구려시대 때 당태종 같은 자는 고구려 연개소문장군에게 한쪽 눈을 잃어버리고 후손에게 다시는 고구려를 넘보지 말라는 명령을 내렸던 역사적 사실도 있다. 그와 같이 우리가 강하게 되면 감히 누구도 우리를 얕잡아보지 못하는 법이다.

그리고 이스라엘은 주변국들이 이리떼처럼 덤벼들고 있지만 '방어적 공격'이라는 전략으로 적으로부터 공격해오리라는 확신이 있으면 언제든지 선제공격을 해서 제압하고, 적으로부터의 공격을 받을시 는 몇 백배의 보복조치를 했기 때문에 그들이 어떻게 하지 못하는 것이다.

이제 우리도 김정일 일당들이 전쟁놀음(천안함 사건 등)을 할 시는 그에 대해서 몇 백배의 보복조치를 반듯이 해야만 되겠다. 천안함 사건 이후에 북한의 전쟁이 무서워 일반병사들이 투표를 야당에 몰아줄 것을 부모들에게 했다는 웃지 못 할 유언비어는 진정 유언비어이길 바란다. 중국에게도 이제 더 이상 그들의 비위를 맞추게 되면 이북 김정일 일당들에게 당해서 핵무기를 만들었던 것 이상으로 우리나라는 그들에게 매년 조공을 받치고 그들의 휘하에서 움직이게 되고 말지도 모른다.

진정으로 이 국가를 억만년 이어나갈 대한민국의 앞날을 걱정하고 위하는 길은 지금 다소의 위험함과 불안과 어려움이 있더라도 우리의 후손들을 위해서 현재의 우리가 반드시 해결하고 풀어나가야 할 과제이다. 그 길은 국가의 안보와 국위를 위해서는 여야의 목소리가 한 소리로 나타나야 된다. 임진왜란당시 선조의 모자란 일본전세의 판단과 당파 싸움에 놀아나 7년 동안 일본에게 짓밟혔던 역사가 있지 않은가? 강력한 지도자의 지도력이 요구되는 시기이기도 한다. 이제 우리는 더 이상 강대국과 주변국들의 속국이 되지 말고 진정한 자주독립국가의 표상을 드높여야만 되겠다. 뭉치면 살고 흩어지면 죽는다는 초대대통령 이승만 박사의 말을 상기시켜야 되는 필요성을 느껴본다. 이제 더 이상 당하지만 말고 할 말은 하고 살아가 보자.*

안보불감증

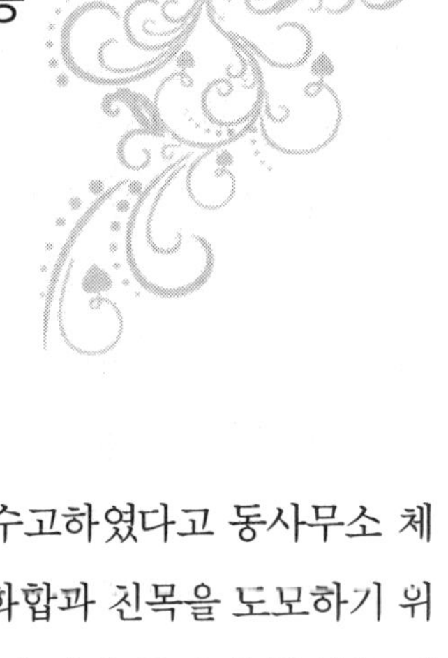

지난 시 체육 대회 때 각 단체에서 수고하였다고 동사무소 체육회 주관으로 사회단체 회원들 간의 화합과 친목을 도모하기 위하여 동해안으로 여행을 하며 차에서 흥겹게 즐기며 중식을 먹고, 주문진항에서 크루즈선박을 타던 중 TV에서 긴급뉴스가 발표되는 광경에 많은 사람들은 놀라서 어쩔 줄 몰라했다. 북한에서 연평도에 수십 발의 폭탄을 투하하여 우리 병사들이 죽고, 부상을 당하고 민가에 폭탄이 떨어져 아비규환의 처지에 놓였다는 뉴스가 모든 정규방송을 중지하고, 전 방송국에서 계속적으로 발표하고 있는 상황인 가운데 우리들 중 몇 사람은 분개하여 '아주 북한을 쑥대밭으로 만들도록 응징사격을 가해야된다.'고 흥분하며 소리소리 지르는 사람이 있는가 하면, 전쟁은 일어나지 않으

니까 빨리 승선하여 즐기자는 사람 중에 지도층에 있는 인사들도 여럿 있었고 거의다가 배에 승선하여 유람을 즐기려 떠났다.

그중에서 시의원을 지내신 여성 한 분이 지금 국가 위기상황에 배를 타고 즐긴다는 것은 좀 상식에 어긋나는 행동인 것 같다며, 승선을 거부하고 TV를 주시하면서 한시간 반동안을 기다리는 모습에서 진정 이 국가를 위하는 사람이 우리나라에도 소수이지만 아직도 있기는 있구나 하는 생각을 했다. 정말 지금 우리 국민들은 안보 불감중에 물들어 있다. 내 머리위에 포탄이 떨어지지 않는 한 다른 곳에서 불바다가 되어 죽어가던 나와는 큰 상관이 없다는 '식'들이다. 어떻게 보면 다행스러운 행동인지도 모르겠다. 그러나 정말 이것은 아니다. 얼마 전 천안함 사건 때도 설마 다음에 또 이런 일이 일어날까 하며 허둥대던 모습들이 또다시 일어나서 즉각적인 대응조치를 취하지 못하고 윗사람 눈치만 살피다 이 꼴을 당한 것이다.

하기야 대통령은 국제적인 문제와 국민의 안녕을 고려하여 최악의 상황은 만들지 말아야 된다고 했지만, 군의 지휘관과 이 나라 국방의 최일선에 있던 지휘자들은 자신의 명예를 걸고, 불구덩이 속으로 산화한다는 일념으로 북한괴뢰 집단들의 만행을 무참히 짓밟아 수백 수천 배의 보복으로 초토화 했더라면 어땠을까 한다.

이제 더 이상 우리는 참아서는 안 된다. 정말로 정말로 또다시 북한의 침략이 있다면 북한 아나운서의 적반하장격인 발언과 같이 0.001mm라도 침범한다면 아주 쑥대밭으로 만들어야만 된다.

이제는 우리도 참을 만큼 참았다. 퍼주기도 하고, 달래도보고, 울어도 보고, 웃어도 보고, 동정도 해 보고, 맞으면서도 참아도 보았다. 그러나 이제는 지금과 같은 대응을 한다면 이제 전 국민은 더 이상 좌시하지 않을 것이며, 현 이명박 정권을 신뢰하지 않을 것이다. 정신들 차립시다.

좌경분자들은 똑똑히 알아야만 된다. 아마도 북한이 이 나라를 지배하면 당신들은 제일먼저 숙청의 대상자가 된다는 역사적 사실을 똑똑히 인식해야만 됩니다. 그러나 아직도 이 나라를 걱정하는 전직 시의원님과 같으신 분이 계신다는 것은 얼마나 다행스러운지 모르겠다. 국가의 위기 때 마음으로 라도 함께할 때 이 나라의 안보는 튼튼할 것이며 철두철미한 안보의식만이 북한공산주의자들을 가장 두렵게 할 수 있다는 것을 알아야만 되겠다.*

정의正義

사전적 의미에서는 바른 뜻, 바른 의리이고, 윤리적 뜻으로는 지혜, 용기를 전제로 하여 각각 그 법도를 지켜 잘 조화를 이룩하는 일 이며, 또한 여러 가지 덕의 중정中正을 이루는 상이라고 풀이하고 있다.

마이클센델 하버드대 교수가 펴낸 <정의란 무엇인가?>가 지금 전 세계에서 돌풍을 일으키고 있는 것은 정의보다는 불의가 더 판치고 있는 시대에 우리가 살고 있음을 반증하고 있다고 본다. 그리고 20세기의 최고의 지성인이라고 하는 존 롤스는 그의 가설 '무지의 장막(veil of ignorance)'에서 '사람들은 모두가 자신의 계층, 사회적 지위, 재산능력, 지식과 같은 사회적 위치와 상관없이 평등하게 받아들일 수 있는 상태'라고 정의를 말하고 있다.

그런데 과연 현재 우리 사회는 정의가 살아 있다고 보기에는 너무나 어디인지 이해가 가지 않고, 오히려 정의에 가깝게 가기가 두렵고, 오히려 손해를 본다는 느낌이 더 든다. 이에 대한 예를 들어보면 지금 청소년 교육에 있어서 학생들을 가르치는 교사들이 사명감을 가지고 자라나는 청소년들에게 열심히 진심을 다해 정열적으로 가르치려고 해도 소수의 선생님들이 학생들에게 체벌을 한 것을 가지고, 온통 전체 교사들을 도매금으로 매도하고 있는 언론매체들과 일부 학부형들 때문에 많은 교사들은 뒷짐을 지고 있는 상태가 되고 말았다. 그러면 자라나는 어린 청소년에게 사랑의 매를 가한 것이 잘한 것인가? 못한 것인가? 그런데 이 문제가 언론에서 대서특필하자 절대 매를 가해서는 안 된다고 상부에서 엄명을 내리고 있다. 그러나 한쪽에서는 우리 속담에 '귀여운 자식 매 한번 더 때린다.'는 것과 같이 교사가 정신이상자가 아닌 이상 감정에 치우친 매를 가하지는 않을 것이기에 사랑의 매는 필요하다고 한다.

이와 같은 예와 같이 지금 우리나라는 모든 정의를 자신의 기준에 맞추어서 정의正義를 정의定義하기 때문에 문제가 되고 있다. 지금 TV에서는 국무총리와 장관들에 대한 청문회를 심사하고 있는데 그들에 대한 직책을 수행할 수 있는 철학과 신념과 능력을 검증하기에 앞서 인간에 대한 흠집내기와 지난 과오에 대해서만 계속적으로 같은 질문만하고 답변하여 지난 것에 대해서는 모르고 했다. 죄송하다. 사죄드린다는 변명으로 일괄하다 끝나

버리기에 국민들은 그 사람이 과연 그 직책에서 어떤 정책을 가지고 일할 것인지를 알 길이 없게 되는 격이 되고 말았다. 그것도 질문을 하는 국회의원은 자신의 잣대로 질문을 정의하기 때문이고 답변자들도 자신의 잣대로 정의하고 답변하는 격이 되고 말았다. 그래서 마이클센델 교수는 현대인들의 정의는 상황에 따라서 나에게 직접적인 영향을 미치지 않는 범위 내에서 모든 것을 정의하기 때문에 정의를 찾아보기 힘들다고 하고 있다. 그래서 정의正義란 자신의 마음(양심)에 부끄럼이 없이 행동할 수 있는 용기라고 말할 수 있다. 현재 자신이 처해있는 시점(직책, 직장, 생활, 지식, 환경 등)에서 하늘을 우러러 한 점 부끄럼이 없을 수 있는 행동을 할 수 있는 사람만이 진정한 정의正義를 정의定義할 수 있다고 본다.

　지금 우리나라가 북한과의 문제, 교육문제, 사회기강, 4대강, 청문회 등 각종 현안들을 각자의 잣대에 의한 정의를 내리고 행동하기 때문에 무분별한 자유방종이 만연하고 있는 것이다. 이제 우리 다 같이 나의 정의가 있고, 너의 정의가 있고, 우리의 정의가 있다는 것을 깨닫고 너와 우리의 정의를 존중하고 이해하며 양보하고 타협하여 모든 문제가 상생의 길로 가야만 된다고 정의를 내리고 싶다.*

지부지知不知

    노자의 도덕경에서 지부지상知不知上이라고 했다. 즉, '알면서도 모르는 체 하는 것이 최상이다.'라고 하는 말씀과 같이 요즘 세상은 오히려 아는 것이 병이 되는 수가 있고 아는체하다가 해를 입는 경우가 있으며, 공자의 말씀 중에 '지지위지지知之爲知之하고 부지위부지不知爲不知이면 시지야是知也이다.' '아는 것을 안다고 하고 모르는 것을 모른다고 하는 것이 아는 것이다.'라고 가르치고 있음에 반하여 노자는 오히려 '아는 것도 모른다고 생각하라.'고 가르치고 있다. 이것은 겸손의 미덕을 지닐 것을 강조하고 있어서 요즘시대 상황에서도 시사하는 바가 크다고 생각된다.

    또한 지자知者는 불언不言하고 언자言者는 부지不知니라. '아는

사람은 말하지 아니하고, 말하는 사람은 알지 못한다.'고 하며
'화기광和其光하고 동기진同其塵'이라 '그 지혜의 빛을 늦추고 세
속에 동화하라.'고 도덕경에서 노자가 강조하고 있는 것은 지금
우리나라 정치인들이 국무총리나 장관들의 선임에 있어서 과연
어떤 자격의 인물들을 선택해야 하냐는 너무나 자명한 사실인데
도 당파의 이익에만 급급하여 실리를 챙기려는 속셈 때문에 국민
들의 지탄을 받고 있다고 본다. 그러나 너무나 노자의 말을 신봉
하여 알면서도 모르는체하는 경향이 이사회 저변에 널려 있기에
사회의 폐습과 반사회적 행동과 도덕적 규범 경시를 눈감고 있기
에 사회질서가 무너지고 있다.

　그리고 공정성을 현 이명박 정권에서 내세워 국민들의 지지율
이 높아가고 있음에는 공정성을 분배의 공정성에 초점을 맞추는
것 같은데, 이것을 너무 강조하다보면 사회질서와 기강에 문제가
발생할 수 있다고 본다. 공정성은 소수의 생떼(공권력무시)로 소위
인권존중이라는 이름으로 어린학생들의 무질서한 행동에 책임
을 질 수 없게끔 이사회는 움직여가고 있다. 한 예로 청소년들의
담배피우는 행동을 보고 누구한 사람 아는 체(꾸지람, 지도)하는 성
인들이 없어졌다. 그리고 노상방뇨와 고성방가(취객)하는 행동은
벌금 3만원이면 그만인 세상이고 보니 공권력을 가진 경찰들도
오히려 그 자들을 모시고 가야하고 고발 자가 가해자가 되는 경
우가 있을 수 있게 된다.

　이것은 자본론의 저자 칼 막스의 이론과 같이 그 시대적 상황

에 오류를 범할 수 있다고 본다. 공정성은 강자에게도 약자에게
도 공정해야 한다. 고무풍선 놀이와 같이 한쪽을 누르면 한쪽이
반드시 튀어나온다. 칼 막스의 이론 때문에 공산주의가 한 세기
를 뒤흔들어 놓아 현재 북한 김정일 같은 역사의 반역자가 생기
고 있고, 대한민국에서도 아직도 북한을 불법 방문한 어느 목회
자의 행동을 찬양하는 무리들이 생기고 있는 것이다. 이것은 도
덕경과 논어의 깊은 뜻의 의미를 우리 국민들이 다시금 음미해
보아 진정한 민주 통일이 되어 살기 좋은 대한민국을 만들어야만
되겠다.*

이젠 우리도 '핵'무기 개발에 나서야 한다.

중국은 지금 우리를 얕잡아 보고 있다. 지금의 세계는 어느 한 나라의 지배하에 있을 수 없으며, 한 국가만이 잘 살수가 있는 경제 질서가 이루어 질 수 없게 되어 있다. 그런데 중국은 힘의 논리로 왕권 봉건주의 역사를 변형시켜 새로운 신공산주의 정책으로 주변국을 괴롭혀 자국의 이익을 위하여 힘으로 몰아 부치고 있다. 중국은 자국의 이익에 적합할 수 있다면 어떠한 윤리적, 도덕적 행동도 팽개치고 파렴치범들이나 하는 짓거리를 서슴치 않고 있는 모습이 '때리는 시어머니 보다 말리는 시누이가 더 밉다.'는 우리의 속담과 같이 오히려 한 술 더 떠서 북한의 핵실험이 평화적 핵 이용에 속한다며 북한의 핵 보유를 공공연하게 인정하려고 하고 있다.

필자의 소견으로는 중국이 지금과 같은 정책으로 계속나간다면 틀림없이 파국의 길로 갈 것이라고 장담할 수 있다. 절대로 악은 선을 이길 수 없는 불변의 진리가 있기 때문이다. 북한의 천안함사건과 연평도 폭격사건은 명백한 북한의 침략도발행위임을 알 수 있는데 중국은 공공연하게 북한의 편을 들고 한반도의 긴장을 고조시키고 있으며, 북한 동포들을 점점 더 기아현상으로 몰아넣고 있다. 이제 우리는 누구의 탓이나 누구의 도움을 바라기전에 우리도 우리의 노력과 힘으로 우리의 국토와 국민을 지켜야만 된다.

이스라엘을 보라! 전 국민이 나라를 지킨다는 신념으로 한마음이 되어 똘똘 뭉쳐 있기에 어느 누구도 어떠한 논리와 힘의 위험에도 굳건하게 나라를 지키고 있지 않은가? 그런데 지금 우리는 '햇볕정책'이라는 이름으로 10여 년 동안 허송세월을 보내어 북한의 호전성에 더욱 기름을 보태준 결과만을 초래했다는 엄연한 정책적 과오를 인정하지 않고, 용공容共분자들을 부추기고 있는 현실은 우리를 백여 넌 전의 역사를 다시금 회귀시키는 결과를 초래하고 있는 것이라고 본다.

우리의 지정학적인 위치 때문에 강대국의 틈속에서 어느 한때도 순탄했던 역사가 없기는 하였으나, 국방을 튼튼히 하고 훌륭한 지도자를 만났을 때는 떳떳하게 주변국들과 어깨를 나란히 할 수 있었으며, 국민들은 편안하게 생업에 종사할 수 있었다. 그러나 당파사움과 지도자의 횡포와 무능이 있을 때는 반드시 주변국들의 침략을 받았던 역사적 사실을 알아야만 된다.

이제 우리는 지금의 위기를 전화위복의 기회로 삼아야 한다. 해이했던 국민들의 안보의식이 다시금 살아나고 있다. 얼마 전 해병대의 지원자들이 전보다 더 높았으며, 그 중에서도 고되고 힘든 훈련을 요하는 수색대원 선발과정의 지원율도 높아졌다는 기사를 보고서 우리 젊은 병사들의 애국정신이 더욱 고조되고 있음에 무한한 기쁨을 느끼고 있다. 이러할 때일수록 지도자와 정책자들은 더욱 더 국가 안보에 힘을 기울여 줄 것을 당부하고, 이제 우리도 핵무기 개발에 임해야 된다는 국민들의 호응을 적극적으로 검토하여 중국이나, 소련, 일본과 같은 강대국들이 얕보지 못하게 국방력을 한층 더 강화해야 겠다.*

낙엽 타는 냄새

가을이 되면 농촌 들녘에 낙엽 타는 하얀 연기 냄새가 차창車窓 틈새로 들어올 때면 그 옛날의 추억들이 뇌리에 활동사진 필름 돌아가듯 올 해도 어김없이 그 '냄새'는 나의 코끝을 찡하게 하고 있구나! 오늘 아침 모 일간 신문에 '쓰레기차'라는 청소년 문학상을 수상한 장원의 싯글을 보고 나는 두 어깨에 힘이 솟아났다.

'쓰레기차가 우리가 남긴 부스러기를 먹어치우고 있다. / 땅에 떨어진 것도 가리면 안 된다는 듯 보란 듯이 먹고 있었다. / 쓰레기차에선 냄새가 난다. / 짜증이 숙성된 듯 뾰족한 냄새 / 나는 숨을 최대한 참고 있었다. / 엘리베이터에 오르며 어머니는 말씀하셨다. / 냄새가 심해도 코를 막을 수가 없더

라. / 버린 건 우린데 / 우리가 코를 막을 수 없더라. / 코가 뻥 뚫리는 느낌이 들었다. / 쓰레기차의 냄새를 다시 맡고 싶어졌다. / 그 냄새는 우리들의 냄새였고, / 내가 맡지 않은 것은 나의 냄새였다.'

얼마나 절절하고 솔직 담백한 글귀인가? 나는 비행청소년들이 술 마시고, 담배피고, 투정 부리는 행동만을 걱정하고 비평만 하면서 지내온 나의 부끄럼의 '냄새'가 나의 코끝을 지나친다. 그리고 우리들은 너의 '냄새'만 열심히 맡아 왔지 나의 '냄새'는 얼마나 맡아 보았는가를 생각해야 되겠다.

'냄새'는 코로만 맡을 수 있는 것을 뜻하는 것이 아니라 마음으로 맡을 수 있는 '냄새'가 더욱 중요하다. 예를 들어 사람 사는 '냄새'가 난다. 인간다운 '냄새'가 난다. 쓰는 말에 따라서 배운 사람 '냄새'가 난다. 고리타분한 양반 '냄새' 등 어떤 사건에 대한 낌새를 '냄새'로 표현하는 경우가 많이 있는데 우리들의 냄새는 심중에서 우러나오는 진정한 마음의 냄새가 온 누리에 퍼지기를 바래본다.

'냄새'는 신체적인 후각에 의한 것과 생각(느낌)으로 추측하는 태도나 낌새로 사건에 대한 냄새가 난다고도 한다. 그리고 지긋지긋한 일에 대해서는 그것만 보고 생각하면 냄새가 난다고 한다. 이와 같이 '냄새'를 부저소정저釜底笑鼎底라는 우리 속담에 '가마 밑이 노구 솥 밑을 검다 한다'는 뜻으로 제 허물이 큰 것은 모르고 남의 허물을 들춰내어 비웃고 흉볼 때 쓰는 말인데 그 외

에도 '가랑잎이 솔잎더러 바스락거린다.' '똥 묻은 개가 겨 묻은
개 나무란다.' '그슬린 돼지가 달아맨 돼지 타령한다.' '뒷간 기둥
이 물방앗간 기둥을 더럽다 한다.' '숯이 검정 나무란다.'는 등 옥
에도 티가 있고 털어서 먼지 안 나는 사람 없다. 그만큼 사람들에
게서 허물을 찾으려 들면 없는 게 없기 마련인데 사람들은 제 얼
굴 더러운 줄 모르고 거울을 탓하기가 쉽다. 남의 흉이 한 가지면
자신의 흉은 만 가지인 법이다. 그 만큼 흔히 자신의 결점을 잘 모
르는 법이니, 남의 결점만을 들춰내려고 하지 말고 겸손하게 살
아야 할 일이다. 설봉공원에서 낙엽 떨어지는 오솔길을 산책하
며, 곱디곱게 물든 낙엽 냄새를 맡으며 이 가을을 보내고 싶다.*

me too 인생

내 나이가 그리 많지 않는데 나는 me too라는 말에 뜻을 알아차린 것은 몇 년 전의 일이다. TV 연속극에서 젊은 연인들이 찻집에서 차주문을 받는데 여자 쪽에서 외국산 커피종류를 주문하니까 남자가 me too 하니 찻집 종업원은 알아차렸다는 듯이 돌아가서 똑같은 것을 가지고 왔다. 영어에서 me는 my 대신에 써서 동명사로 구분하여 ‘나’라는 자신을 나타내는 뜻이고 too는 ‘~도 또한, 역시’라는 뜻이라는 것을 나타내어 우리나라 말로 ‘같은’, ‘그대로’, ‘똑같은 것’이라는 상대방의 의견에 동의한다는 뜻으로 젊은층에 많이 쓰이고 있는 우리나라 ‘말’화된 외래어인 것을 나도 지금은 아무런 생각 없이 잘 사용하고 있는 용어가 되었다.

필자도 여러 친목단체와 사회단체에 한 일원으로써 활동하고 있는데 모든 회의 시에 필자는 me too 인생으로 살아가고 있는 편에 속해 있다. 그런데 me too 하는 것이 우리 기성세대들에게는 습관화되어 신경 써지니까 피해가 올까봐 귀찮아서 등의 이유로 좋은 게 좋다는 식으로 me too 해버리는 습관이 되어버렸다. 얼마 전에는 딸과 아비가 어머니인 부인을 청산가리를 탄 막걸리를 먹게 해서 죽게 했다는 기사가 있었고, 학생이 선생님을 구타했다는 기사, 자식이 부모를 살해하려고 했다는 기사, 어느 대기업의 형제끼리 돈 문제로 재판을 하는 기사, 선생님이 노동자가 되겠다는 세상, 어른 앞에서 담배를 꼬나물고 어른에게 성냥을 빌려달라는 청소년들. 우리는 듣고 보고 있으면서도 누구 한 사람 꾸짖고 타이르려고 하지 않고 그저 me too 해버리고 있는 현실이다.

이것을 고치려면 첫째는 '신고정신'이 있어야 되겠다. 남을 해치기 위한 것이 아니라 사회질서와 안정을 위한 '신고정신'을 전 국민이 우선 가져야하고, 둘째는 신고를 하면 관청이나 학교에서는 me too가 아닌 확실한 조치를 취하여 다시금 사회질서와 윤리에 어긋나는 행동을 하지 않겠끔 강력한 법적 뒷받침이 있어야만 되겠다.

인간에 마음의 원천은 무이심無二心이라고 두 가지 마음이 없이 선한 것 즉, 누구나 측은지심惻隱之心이 있어 어린아이가 물에 빠졌거나 살인강도의 위협을 무릅쓰고 뛰어들어 그 어린이를 구하는 마음이 있는 것이다. 이것은 맹자가 인의仁義에 대해서 '인仁은 사람이 살 평안한 집이요, 의義는 사람이 걸어야할 넓은 길이다.'라고 설파했듯이 인의를 몸에 지닌 사람은 절대로 부와 권세에 고개 숙이지 않고 자신의 운명을 스스로 개척해 나아갈 수 있다.

이제 우리는 '남이 하니까,' '친구가 장에 가니 따라간다'는 me too 人生을 '나만이라도'하는 식의 적극적인 참여 자세를 가지고 이 사회를 한 층 살기 좋은 모습으로 바꾸어 가야만 되겠다.*

죄罪 지은 자者

성경말씀에 매춘녀에게 돌을 던질 수 있는 사람은 자신이 죄罪 없음을 인정할 수 있는 사람이 돌을 던지라고 하셨던 예수님의 말씀을 상기 시킬 수 있다. 인간은 누구나 원죄를 가지고 이 세상에 태어났기에 누구라도 죄 없는 사람은 있을 수 없다. 그러나 罪 죄에는 반드시 벌罰이 동반되어야 이 세상과 이 사회는 형성되어지고 살기 좋은 세상과 사회가 이루어 질 수 있다.

인간이 세상에 태어날 때부터 악을 가지고 태어난다는 순자의 성악설性惡說을 필자는 믿고 싶다. 그리하여 부단한 교육과 학문과 자신의 수양등 후천적인 교육에 의해서만이 안정된 사회질서를 확립시킬 수 있으며, 국가에서는 법가인 한비자와 같이 무거운 법규제와 통치체제를 갖추고 국가를 운영할 때 백성들은 안심하고 안정되게 생업에 종사할 수 있으며, 국민은 국가를 믿고 미래를 꿈꾸며 행복을 영위해 나갈 수 있다고 본다.

요즘 천안함 침몰 사건으로 전 국민들이 불안과 불신 속에서 국가에 대한 신뢰를 엎어뜨리려하는 방향으로 흘러감을 볼 때에 이명박 대통령의 죄罪지은 사람에 대해서는 단호한 조치를 국가적 차원에서 취하겠다고 말한 것은 정말 잘 판단한 조치라고 생각한다. 반드시 천안함 침몰 사건에 대해서는 철두철미한 조사가 이루어져서 그 책임을 단호히 물어서 응징하여야 된다고 본다.

한 국가를 운영함에는 정말 참기 어려운 수모와 분노가 있을지라도 전 국민을 위하고 국가의 천년대계를 위해서는 참고 인내해야 되는 경우도 없지 않아 있을 수 있다고 본다. 그러나 이번의 경우는 만약에 북한의 도발이라는 정확한 물증이 입증된다면 절대적으로 그냥 얼버무려 넘겨서는 아니 된다. 지금 우리의 안보정세는 양분화 되어 있어 자칫 어떠한 북한의 잘못된 판단을 한 경우가 발생된다면 크나큰 혼란 속으로 겹어 들어살 수 있는 충분한 조건이 이루어져 있다고 판단된다. 그 이유 중 몇 가지만 열거한다면 첫째, 보안법 폐지론자들의 득세. 둘째, 전교조원들의 북한찬양 교육 강화. 셋째, 국민들의 안보의식결여. 넷째, 한미방위조약 철폐 등의 일련의 일들은 마치 우리 국가가 위급함으로 흘러가는 전초전을 방불케 하고 있는 느낌이다.

또한 지금 북한은 여러 가지 측면으로 볼 때에 가장 위급한 시점에 놓여 있다. 김정일의 병세악화로 후계자 문제와 화폐개혁으로 인한 북한 주민들이 경제란으로 더욱 궁핍하여졌고, 북한 핵실험으로 인한 국제적 고립으로 각종 무역과 원조가 중단되어 기아 현상이 급진되어 가고 있는 북한으로서는 더 이상 버티기 힘든 상황에 놓여 있다고 볼 수 있다. 그러면 이들의 최후수단은 죽기 아니면 살기 식으로 소위 그들이 주장하는 '우리식으로 산다.'고 하는 막가파 인생처럼 우리 속담에 '못 먹는감 찔러나 본다.'는 식으로 각종 도발과 남한에 그들의 동조세력을 부추거서 대한민국을 혼돈과 혼란 속으로 몰아넣어 그들의 결속력을 더욱 다져보겠다는 전술이 있을 수 있다고 본다. 그리하여 그들의 전략적 최후 목표인 남한을 적화통일 해 보겠다는 어리석은 판단을 우리는 간과해서는 절대 아니 된다.

좁은 의미에서의 죄 지은 자의 응징은 사회질서를 더욱 공고히 하고 사회 기강과 자라나는 청소년들의 참된 민주주의 시민의식을 일깨워 주어야 하는 의미에서도 반드시 이루어져야 된다. 그 한 예로 학생들의 담배 피는 행동과 폭력조직가담, 선생님 지도에 대한 반항 등은 좀 무거운 학칙으로 어린 청소년 학생들의 기초시민의식 교육차원에서 전문적인 연구로 개편되어야 된다고 본다. 그리고 경찰 공무원들의 확고한 직업의식으로 교통법규위반자, 음주운전자, 음주고성방가, 각종 죄 지은 자에 대해서는 반드시 그 잘못된 행위(죄)에 대한 대가를 치르게 하게 되면 이 사회는 더욱 안심하고 편안한 사회생활을 영위할 수 있게 될 것이다.

민주주의는 자기 마음대로 하는 제도가 아니라 권리와 의무가 같이 공존되어야 되고, 법규를 잘 지킬 때 이룩될 수 있는 것이다. 이번 선거에서는 죄지은 자는 반드시 그 죄에 대한 대가를 치르게 해야 된다. 판사님들이여! 당신들의 영웅심에 의한 판단은 금물입니다. 법은 2차의 범죄를 예방하는 수단이다.*

올림픽 금메달

요즘 같으면 살맛나는 시간인 것 같다. 우리의 남녀건아들이 세계무대에서 당당히 맞서 금·은·동메달을 목에 걸고 우리의 태극기가 전 세계인들이 보고 있는 가운데 애국가와 함께 울려 퍼지고 있는 모습을 볼 때마다 눈시울을 적시곤 한다.

우리나라가 일제압박에서 해방된 지 금년이 65년이 되는 해이기도 하고, 60년 전 우리의 전 국토는 폐허가 되다시피 한 지구상 최빈국이 되었던 동족상쟁의 비극을 겪었던 국가이기도 하였지만, 우리의 위대한 민족정신과 끈기로 지금은 세계열강들과 경제와 스포츠에서 어깨를 나란히 하고 있는 것은 우리 노력의 결과인 것이다. 외국인으로서 우리나라에 귀화하여 5대째 백 수년을 살아온 인요한씨의 강의를 얼마 전 TV에서 시청하였는데, 그분은 어느 한국인보다 우리대한민국을 자랑스럽고 위대한 민족이라며 아끼고 사랑하고 있었다. 특히 북한 동포들에 대한 사랑을 이야기할 때 우리 입장에서가 아니라 그들의 입장에서 바라보고 북한동포들을 이해하며 하루빨리 통일의 길로 나아가야만 한다고 강조하는 모습을 볼 때 진정부끄러움을 감출수가 없었다.

이제 우리는 도움을 받던 나라에서 도움을 주는 나라로 바뀌어야 된다. 그의 강의 내용에서 북한사람들이 남한이 좀 잘살게 된 것은 미국이라는 나라에 줄을 잘 섰던 것 때문이라고 하여 필리핀 같은 나라는 벌써 100여 년 전에 미국에 의존했지만 지금은 어떠한가라고 하였더니 말문이 막히더라는 강의를 들었을 때 지금도 좌익사상에 물들어 있는 일부 용공세력들이 미군을 물러가게 하고 광우병 소에 대한 거짓선전으로 우방과의 이간질을 감행하려는 세력들은 우리의 진정한 새마을운동 같은 민족정신을 일깨워준 지도자들의 지도력을 냉철히 비판 · 판단하여야 할 것이다.

전직 지도자들의 공과 과는 분별하여 비판, 찬양하여야만 되겠다. 공만 보고 과는 덮는다든지 과만보고 공을 덮는 비평은 우리의 발전에 도움이 될 수 없다는 것을 현재의지도자들과 지식인들은 반듯이 깨달아야만 되겠다. 이제는 나만이 옳고 상대는 그르다는 생각을 버리고 상대의 말에도 귀 기울이고, 나의 고집과 이익은 버리고 다수를 위하여 이 국가의 민족에 무궁한 발전을 위하여 무엇을 어떻게 할 것인가를 판단하여 서로가 타협하고 토론하여 이제는 국민들이 안심하고 생활할 수 있는 기대를 갖게 해야만 되겠다.

한 무리의 야생동물들도 어떤 우두머리(지도자)밑에 있느냐에 따라서 배불리 먹고 살아갈 수 있는 것과 같이 지도자의 능력은 전국가의 운명을 좌우할 수 있는 것이다. 다행히 우리나라는 역대 지도자들이 과보다는 공이 더해졌던 덕분에 지금의 우리가 있지 않았나 본다. 이제 우리는 내 뜻과 같지 않다고 무조건적인 비판과 비방만을 할 것이 아니라 상대를 이해하고 내가 양보하는 마음을 갖고 기성세대들이 자라나는 청소년들에게 귀감이 될 수 있게 행동하여야만 되겠다.*

누가누가 잘하나

어린이 TV프로그램에 '누가누가 잘하나'라는 동요 노래와 함께 어린아이들이 팔짝팔짝 뛰면서 선생님의 지도아래 신명나고 즐겁게 즐기는 모습을 볼 때마다 어린 동심의 세계로 돌아가보곤 한다. 옛 시절에 놀이기구가 없었을 때 시골마을에서 돌멩이하나, 막대기 하나, 군인들이 먹고 버린 깡통하나만 있어도 골목 모퉁이에서 밥 먹을 시간도 잊어가면서 땀을 뻘뻘 흘리며, 술래잡기와 깡통 차기 하던 즐거움은 지금 아이들의 즐거움에 비길 바가 못 되는 것 같다.

돌멩이로는 사방치기라는 놀이로 땅바닥에 선을 그어놓고, 금에 물리지 않게끔 발로 돌을 옮기는 놀이이고, 막대기로는 자치기라 — 어찌 보면 지금의 골프 같은 놀이로 원을 그어놓고 원안에

들어가면 세 번, 금에 올리면 두 번, 원밖이면 한 번, 나무 끝을 때
리어 멀리 쳐내는 놀이다. 이와 같은 놀이는 모두 '누가 누가 잘
하나'인 것인데 경쟁심은 있었지만 놀이가 끝나면 누구에게도 피
해나 상처를 주는 놀이가 아니었다.

지금의 세상은 경쟁하기 보다는 상대를 쓰러트리고 상대를 죽
여야만 내가 살 수 있다는 동물의 세계와 같이 치열한 싸움판이
되고 있다. 나와 내 지역의 이익을 위해서는 한 치의 양보도 있을
수 없다는 개인이기주의와 집단이기주의가 만연되고 있음은 누
가누가 잘하는 짓거리인가?

우리 마을에 어느 회사가 들어오는데 동네의 이익이 안 된다고
의자와 책상을 뒤엎으며 소리소리 지르고 망치로 문짝을 때려 부
숴도 공익을 위한 행동이기에 무죄가 된다는 논리, 우리 동네의
이익을 위해서 개인이 고의적으로 망루를 지어놓고 지나가는 차
와 사람들에게 돌멩이를 던지고 화염병을 던져도 괜찮다는 논리,
5.16 군사 혁명 때 박정희 소장은 혁명공약에 군인의 본분으로
돌아간다고 했지만, 국가와 민족을 위하여 구국의 일념으로 장기
집권을 한 것은 지금의 대한민국을 일구어낸 공이 있어서 많은
국민들의 추앙을 받고 있는데, 그의 자식은 약속을 지키지 않는
정치인은 아니된다하는 강변強辯, 자살한 전직 대통령은 헌법재
판소에서도 아니 된다는 수도 이전을 충청도로 하겠다고 공약을
들고 '재미 좀 보았다.'는 말, 6·25전쟁 도발로 290여만 명의 목
숨을 앗아간 철천지 원수怨讐인 김일성 무덤 앞에 머리를 조아리

고 숭배하는 인간들, 북한 동포들에 대한 인권문제는 한마디도 못하고 있는 논리를 펴고 있는 이들을 우리 국민들은 '누가 잘하나' 계속 지켜만 보고 있어야만 하는가? 정치인의 공약은 '하천이 없는 곳에도 다리를 놓아 준다.'고 하면 된다는 식의 공약 남발을 이제 우리 국민들은 그들(정치인)의 말은 한귀로 듣고 한귀로 흘려야만 된다.

'누가 잘하나'를 보지 말고 뽑기 전에 '누가 누가 잘할 것인가'를 생각하고 따져보고 주권행사를 하여야만 되겠다.*

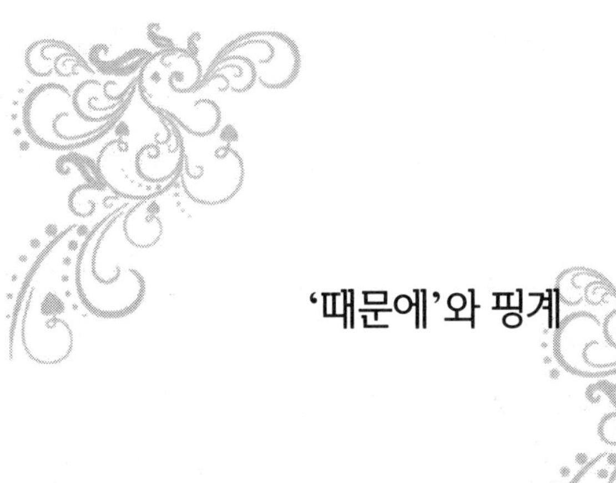

'때문에'와 핑계

　요즘 TV 선전문구 중에 '때문에'라는 용어가 자주 흘러나오고 있다. 때문에는 두 가지 뜻으로 해석할 수 있는데 나의 잘못을 1인칭으로 하면 '내 탓'이라고 할 수 있고 나의 잘못을 2인칭, 3인칭으로 돌릴 때는 핑계라 할 수 있는 이현령비현령으로耳懸鈴鼻懸鈴 귀에 걸면 귀걸이 코에 걸면 코걸이라고 할 수 있는 교묘한 사기꾼 같은 단어이다.

　같은 단어로 '탓'도 있다. 내 '탓', 너의 '탓'이라고, 그러나 이것을 1인칭인 '나'라고 할 때, 모든 문제는 해결될 수 있고, 문제의 실마리를 풀어갈 수 있는 것인데, 다수의 사람들은 이것을 잘한 것은 1인칭으로 돌리고, 잘못된 것과 좋지 않는 것은 제2인칭, 3인칭으로 핑계를 삼아 남의 '탓'으로 돌리려는 습성이 깃들어 있는 것이다. 반면에 1, 2인칭인 나와 너 때문에 라는 반대급부적 해설을 하게 되면 이 사회는 평화로워 질 수 있고, 어떠한 다툼도 일어나지 않게 된다. 지금의 우리나라 정치인들이 하는 짓거리를 보면 '나 때문이요.' '내 탓이요.'라고 솔직히 말하는 정치인은 눈을 씻고 아무리 찾아봐도 한 사람도 생각나지 않는 것은 필자만의 생각 이였으면 좋겠다.

그리고 정치인들이나 재벌가들이 권력과 금욕을 이용하여 금품을 받고 주고도 '나는 1원도 받고 준적이 없다.'와 '정치적인 쇼다.'라는 등의 1인칭인 '나'를 빠져나가려고 갖은 수단방법을 가리지 않으며 심지어는 자살이라는 극단적 수단으로 모든 자신의 과오와 허물을 벗어나는 짓거리를 보았다. 자신이 하늘을 우러러 한 점 부끄럼이 없다면 지금과 같은 우리의 민주화된 현실에서 무엇이 두려워 이 핑계 저 핑계를 대면서 빠져나가려고 안간힘을 쓰는가? 그런데 죄의 값을 정치논리로 해석하여 판결하는 사법부의 형태는 사라져야 할 우리나라의 과제라고 볼 수 있다.

그러나 지금은 언론이 살아있기에 잘못된 관행은 얼마든지 파헤쳐 질 수 있다고 본다. 우리 속담에 '아니 땐 굴뚝에 연기 나느냐.'는 말이 있듯이 무엇인가 연기가 날 수 있는 요인을 제공했거나 불을 피웠기에 연기가 난다고 볼 수 있다. 반면에 불을 피운 장본인이 아닌 것이 밝혀졌을 때는 불을 피웠다고 헛소문(거짓)을 퍼트린 자에게는 몇십 몇백 배의 죗값을 치르도록 법을 강화해야 된다고 본다. 그러기에 명심보감에 '과전瓜田에 불납리不納履하고 李下이하에 부정관不整冠이다.'고 남의 참외밭을 지날 때에는 신발을 고쳐 신지 말고, 남의 오얏나무 아래에서는 갓을 고쳐 쓰지 말라는 태공의 말씀을 명심하고, 처신을 바르게 하라는 뜻이다. 모든 국민과 지도자들은 '때문에'가 아니라 '만이라도'라는 생각을 가지고 적극적인 자세와 책임과 의무를 다하여 아름다운 우리나라와 살기 좋은 나의 고향을 만들어야 할 과제가 우리의 의무가 아닐까.*

공분公憤

　가을이 가고 겨울이 돌아와 영하의 날씨가 사람들의 어깨를 움츠려들게 함은 자연의 섭리일 뿐만 아니라, 물질적 풍요를 느끼면서도 부족한 것이 너무나 많아지고 있는 것은 시대의 변천도 한목이겠지만, 인류의 도덕적 가치관과 사회기본 질서를 지켜야만 된다는 책임의식은 점점 사라져가고 있는 것 또한 공분公憤을 느끼지 못하고 개인주의와 자유를 넘어선 방종의 길로 가고 있는 것이라고 볼 수밖에 없다. 50~60년 전에만 해도 다수의 사람들은 배고픔만 달랠 수 있다면 어떤 고통도 참아낼 수 있다는 각오로 허리띠 졸라매고 생활하였기에 지금의 풍요한 나라를 일구어낸 것이다.

　얼마전 미국 오바마 대통령이 우리나라를 공식방문하신다고 하여 애국단체시민들이 광화문 거리에 손에 손에 태극기와 성조기를 들고 환영인사를 하여 필자도 다녀왔다. 그곳 다수의 사람들 속에 젊은이들은 보이지 않고 60대 이상 노인 분들이 추위에 손을 호호 불며 허리를 구부린 채 지하철역 계단을 오르내리고 있었다. 그들은 무엇을 위해서 서울인근 각지에서 올라와 몇 시간을 추위에 떨면서도 미국 대통령을 열렬히 환영했던 것인가? 그것은 진행자 대표의 연단연설에서와 같이 우리가 일제 식민지에서의 해방과 6·25전쟁 시에 5만여 명의 미군들이 목숨을 잃고, 십여 만 명이 부상을 당하면서 우리나라를 지켜준 것에 대한 고마움의 표시 그 자체이다.

그런데 소수의 좌익분자들은 오바마 방문 저지 피켓을 들고 있는 모습을 보았을 때, 과연 그들은 무엇을 위하여, 누구를 위하여 그런 일을 하고 있는지 도저히 이해기 가지 않았다. 공분公憤은 어떤 소수의 집단과 개인의 사리사욕과 영달을 위한 것에 대한 울분의 표시가 아니라 다수를 위한 진정과 올바름에 대한 분노여야 한다.

자식에게 잔소리한다고 부모를 살해하는 시대가 현재 우리가 생활하는 시대이다. 모든 것이 물질만능 주의에 온통 사로잡혀 오직 돈만 있으면 다 해결될 수 있다는 사고로 똘똘 뭉쳐 부모형제, 일가친척 친구도 돈 앞에서는 사생결단으로 대결하는 풍토가 만연되고 있다

이 난국을 노자의 상선약수上善若水인 최고의 진리를 물과 같

이 몸을 둠에는 낮은 곳만 골라가고, 마음은 가득고인 연못처럼 깊게 지녀 은혜를 베풀 때는 댓가를 바라지 않고 사심도 없고 알지 못하게 베풀어야 되고, 말을 멈출 때는 멈추듯이 신의가 있어야 되고, 정치는 백성들이 저절로 다스려지게 해야 하고, 일을 할 때는 능력 있게 때를 맞추어 행해야 된다고 하듯이 모든 지도자들은 물과 같은 마음을 가지고 국민들을 지도할 때이다.

또한 국민들은 흑백 논리로 자신의 영역을 위한 이익 추구에 공분公憤하지 말고, 자라나는 청소년들의 비행을 없애고 윤리도덕을 일깨우는데 공분公憤해야만 되겠다.*

6 · 25 노래를 기억하자!

아! 아! 잊으랴! 어찌 우리 이날을
조국을 원수들이 짓밟아 오던 날을
맨주먹 붉은 피로 원수를 막아내어
발을 굴러 땅을 치며 울분에 떤 날을
이제야 갚으리 그날의 원수를
쫓기는 적의 무리 쫓고 또 쫓아
원수의 하나까지 쳐서 무찔러
이제야 빛내리 이 나라 이 겨레

박두진 시인이 처절했던 6 · 25를 상기시키며 노래 가사 말을
학교 다니던 시절 6 · 25 행사 때에 힘차게 불렀던 기억이 난다.
그런데 지금은 아마도 청소년들에게 물어 보면 그 가사를 아는

이들이 얼마 되지 않는 실정이다. 요즘 이른바 전교조 선생들이 어린학생들에게 6·25를 북침이라고 가르친다는 기사를 어느 신문 사설에서 읽었을 때 지금 6·25전쟁에 참전하셨던 용사 분들께서는 혀를 깨물고 분신하고 싶은 심정이라고 말씀하시는 것을 들었다. 어쩌다가 이 나라가 이렇게 전쟁에 대한 불신이 커졌는가? 그리고 국가안보의 중요성을 이렇게까지 몰고 왔는지 한심하고 통탄할 따름이다. 또다시 이 나라에 전쟁이 일어난다면 어떻게 될 것인가? 이제 우리 다 같이 북한 공산당을 똑바로 알고 그들의 전략전술에 현혹되지 말고 확고한 안보관과 안보정책만이 그들의 전쟁 광기를 물리칠 수 있는 길임을 명심해야 되겠다.

이번 6.2 선거에서 20, 30대 젊은이들이 천안함 사건으로 전쟁이 일어날까봐 전전긍긍하며 야당의 손을 들어 주었다는 어느 신문 사설들이 이야기하고 있는데 젊은이들이여 한 번 생각해보자. 진정으로 북한 동포들을 우리 민족이라고 생각한다면 소수 김정일 일당들의 정권을 이대로 유지시켜주어야 되겠는가? 그리고 지난 10여 년 동안 퍼 주었던 정책을 전쟁방지 수단이라고 하면서 퍼준 결과가 그들에게 전쟁준비와 핵무기를 만드는 것과 정권 연장수단으로 쓰여진 원조를 계속해야만 되겠는가? 북한공산집단들의 전쟁 놀음을 중지시키는 길은 그들보다 우위의 군사력과 안보관이 확립될 때만이 가능한 것이다.

그리고 천안함 사건에 대해서 소위 참여연대라는 단체에서는 북한에서 한 짓이 아니라는 식으로 UN에 질의서를 보냈다고 하는데, 정말 그들은 우리 대한민국 땅에서 거주해야 되는 단체인가 묻고 싶다.

한 가정에서도 가족끼리 다툼이 있다가도 외부의 침입이 있을 때는 단합이 되고, 부부싸움을 하다가도 자식들이 보게 되면 큰 소리 내지 않고, 참아야 되는 우리들의 미덕은 어디로 가고 이 나라가 송두리째 공산화되어 지금의 북한 동포들처럼 처참한 김정일 일당들의 억압 속에서 살아야만 그들의 속이 시원할 것인가? 역사는 반드시 익혀서 잘못됨을 반성하고, 다시금 과오를 범하지 않음에 있다. 6·25 행사를 매년 모든 학교에서 실시하여 자라나는 청소년들에게 국가관을 확립시켜주고 전쟁이 이 땅에 다시금 일어나지 않게 해야만 되겠다.

지금 우리나라는 전쟁 중에 휴전 상태에 있다는 것을 잊어버리고 살고 있다. 휴전이란 서로의 합의에 의해시 글자그대로 전쟁을 중지하고 있을 뿐이다. 어느 한쪽이 싸워야 되겠다고 선전포고를 하면 싸워야 되는 시점인 것이다. 휴전이기 때문에 이렇게 저렇게 전술에 의해서 찔러도 보고 씹어도 보는 격이다. 그래서 달래도 보고, 주어도 보고, 참아도 보고, 그런데도 저들은 오히려 한술 더 떠서 남한에 있는 어리석은 백성들을 꼬드기어 남한에서 민중봉기가 일어나 자중지란自中之亂을 일으켜서 남한을 전복시키려고 하는 것이다.

6·25 노래 가사도 모르는 어리석은 이들은 제발 북한김정일 일당들을 찬양하고 싶으면 그들과 함께 가서 살아라! 그것이 우

리 대한민국이 정말 세계에서 가장 살기 좋은 나라로 만들 수 있
는 길인 것이다. 6·25 행사는 해마다 더욱 성대히 하여 우리의
현대화된 무기를 앞세워 시가행진도하고, 6·25 참전용사들에
게 큰 혜택을 주어, 국가를 위기에서 건지면 평생대대로 먹고 살
수 있고, 대우를 받을 수 있다는 긍지를 심어주어, 젊은이들이 앞
다투어 군에 입대하여 죽음을 불사르는 애국심으로 무장할 수 있
는 날이 와서 붉은 악마들이 시청 앞 광장에서 6·25날에 6·25
노래를 축구 응원처럼 외쳐주기를 간절히 바래본다.*

4대강 살리기

우리나라 4대강을 살리기 위하여 이명박정부에서 대대적인 사업을 전개하고 있는 요즘 일부 환경단체와 정당에서는 여러 가지 문제점을 들고 나오면서 반대 운동을 전개하고 있다. 반대의 이유 중 어느 일간 신문에서는 자연의 섭리에 순응하여 물 흘러가는 대로 그대로 내버려 두어야만 재앙을 만나지 않을 것이라고 한다. 지금 온 지구상의 재앙이 자연에 순응하지 않고 인위적으로 강을 막고, 뚫고, 청소하기 때문이라고 한다. 올바른 판단이라고도 할 수 있다.

그러나 사람들의 행복과 자유를 위하여 중공업이 발달되고, 의료기술과 자연공학의 발달로 동식물의 번식을 몇 십 배로 증가시킬 수 있는 연구를 하여 환경은 그것의 지배를 받을 수밖에 없는 것이다. 그러면 그 모든 것들의 편리함으로 인한 쓰레기를 그대로 방치할 수는 없지 않는가? 예를 들어서 수도관이 낡고, 관속이 부패되고 녹이 끼었으면 그것을 교체하고 청소를 해주는 것이 정당한 이치라고 본다.

지금의 4대강은 그 강바닥과 주변의 생태계가 병들고 썩어가고 있는 현실이다. 그리고 홍수 피해와 물 부족현상을 타개하기 위해서는 4대강을 살리는 계획은 어떤 정치적인 목적을 떠나 이 국가의 미래를 위해서는 반드시 해결하여야만 되는 시점이라고 본다. 그리고 지금의 정부에서 환경론자들의 이야기를 한귀로 흘려보낼 것이 아니라, 최대한 생태보존을 염두에 두어야 한다. 공을 세우기 위하여 시간을 단축시키며 빨리빨리 할 것이 아니라 충분히 검토 후 연구를 하여 확증이 있을 때 차근차근히 시간이 걸리더라도 착오 없이 진행하여야만 되겠다.

지금의 강물줄기는 이 지구가 생성되고, 수억년 지나오면서 변형되어 지금에 이른 것인데, 이것을 무리하게 뜯어고치게 되면 오히려 그대로 둔 것만 못할 수도 있기 때문이다. 그러나 우리가 너무나 급작스런 생활의 풍족함과 편리성만 강조하다보니 너무나 환경이 피폐해져간 것을 그대로 방치하는 것도 환경을 더욱 악화시키게 될 것이기 때문에 지금 각 지방에서 도심을 가로지르고 있는 하천을 잘 정비하여 놓고 있어, 자연생태계가 회복되어가고 있는 모습을 볼 때 4대강도 철저한 준비로 공사를 하면 틀림없이 피라미를 고추장에 찍어 먹을 수 있고, 한강에서 멱을 감을 수 있을 것으로 기대해 본다.

　얼마 전 이 세상을 타계하신 법정 스님의 '무소유의 원리'와 성
철스님의 '산은 산이요, 물은 물이로다.'라는 말씀과 같이 '나'가
'나'일 때 전정한 '나'가 될 수 있고, '우리'가 '우리'일 때 진정한
'우리'가 될 수도 있는 것이다. 우리 속담에 '내 손톱 밑에 가시
박힌 아픔만 최고의 아픔이지, 남의 가슴이 썩어가는 아픔은 모
른다.'는 말과 같이 너무나 이기주의에만 온 세상이 젖어 있어 나
에게 만은 조금의 손해와 양보를 하지 못하는 인식이 꽉 배어 있
어 타협을 할 줄 모르는 세상이 되어 가고 있다. 안타까운 일이
다.*

'난'사람과 '된'사람

　세상에는 '난'사람이 너무 많다. 한 가지 분야에서만 '난'사람이 있는가 하면 많은 분야에서도 '난'사람이 있는 것이 사실이다. 그러나 '된'사람은 찾기가 힘들다. 옛말에 평생에 '진정한 친구' 한 사람만이라도 둔 사람은 행복하다고 했듯이 '된'사람이란 배움과 권력과 부를 갖춘 것을 의미하기보다는 인간의 됨됨이를 말하는 것이고 '됨됨이'란 가식이 아닌 '진정', '진실' 등을 가지고 마음속에서 우러나오는 참된 마음을 가지고 생활하고 있는 것을 말할 수 있겠다. 지금 우리사회는 각 분야에서 '난'사람들이 너무 많아서 경쟁을 하지 않으면 살아남을 수 없는 세상이 되고 말았다. 그러다보니 내 자신의 실력을 연마하고 노력하려고 하기 전에 남을 무시하여 무너뜨리고 그 위에 올라가려고 하는 자들이 부지기수이다.

　그래서 ‘난’체하는 사람들이 쥐꼬리만한 실력과 권력을 가지고 약자에게는 강하고 강자에게는 한 없이 약한 모습을 보이는 ‘난’ 자들의 행동거지는 눈뜨고 보기 민망할 지경이다. 지금은 ‘난’것과 ‘된’것을 분별하기가 어렵다. 그러나 자연환경의 법칙인 약육강식弱肉强食의 법칙을 어찌할 방법이 없이 지구의 탄생과 더불어 그렇게 이루어져 왔고, 앞으로도 그렇게 이루어져 나갈 것이다. ‘난’자 보다는 ‘된’자가 되려고 나 자신도 무척이나 몸부림치고 있지만 현사회는 소위 자기 P.R시대이기에 자신을 나타내지 않으면 누가 알아주지 않아서 이런저런 방법으로 ‘난’자가 되려고 노력을 하고 있다. 그러나 ‘된’자가 되려면 유유자적悠悠自適하고 지내야 되는데 그렇게 하다보면 밥 빌어먹기 안성맞춤인 것이 되고 만다.

　‘옛말에 호랑이는 죽어서 가죽을 남기고 사람은 죽어서 이름을 남긴다.’고 했는데 인산은 죽어서 그 이름을 어떻게 남기느냐가 중요하다. 도덕경에도 ‘名與身명여신은 숙친孰親하고 신여화身與貨는 숙다孰多하고 득여망得與亡은 숙병孰病’이라고 했듯이 ‘명예와 재물을 버리고 분수를 지키어 만족함을 아는 것이 장수할 수 있는 길’임을 말하고 있다. 그리고 전한서에 보면 선제때 소광과 소수의 두 숙질이 태자의 스승이 되자 조정에 있는 사람들이 그 명예를 부러워하고 시기하는 지라, 어느 날 소광이 소수에게 말하기를 ‘내 들으니 만족함을 알면 욕됨이 없고, 그칠 줄 알면

위태하지 않다하니 공을 이루고 스스로 물러남이 하늘의 도道이다. (吾聞 知足不辱 知止不胎 功遂身退 天之道也)라고 하니 어찌 고향으로 돌아가 천명을 다하지 않으리오.'하고 드디어 벼슬을 버리고 고향으로 돌아가 유유자적하며 여생을 보내어 각각 천수를 누렸다고 한다.

또한 재앙은 만족함을 모르는 것보다 더 큰 것이 없고, 허물은 얻으려는 욕심보다 더 큰 것이 없다는 것같이 사람의 욕심이란 한이 없는 것이고, 만족할 줄 모르는 것이 재앙의 근원이며, 명예나 재물을 탐내다 보면 자신을 망하게 되므로 스스로 만족할 줄 아는 사람이야말로 '된'사람이라고 할 수 있다.

선거가 임박해오면 으레 '난'사람들이 여기저기서 온통 들썩인다. '난'사람보다는 '된'사람이 우리들의 봉사자가 되었으면 하고 기대해 본다.*

요설饒舌

쓸데없이 쉬지 않고 지껄임. 말을 많이 함. 말을 잘하는 혀라고 풀이하고 있다. 요즘 신문지상에 지난 역대 대통령 두 분이 서로 요설饒舌을 부리고 있다. 요설을 부리고 있는 모습이 국민들에게 그리 좋게 들리지 않는다. 그리하여 필자도 잠시요설을 하려고 한다. 요설과 비슷한 말 중에는 농설弄舌, 고설鼓舌, 다언多言 등이 있고, 영어에서는 garrulity(수다), volccbility(유창, 유수)라는 말이 있다. 그런데 요설妖說이 될까 염려가 된다.

요설妖說은 요사스러운 수작을 잘 꾸며대는 것을 뜻하기 때문이다. 요설이란 말이 북한에서는 말을 잘하는 혀라는 뜻을 가지고 있는데, 실질적으로 북한 TV에 나오는 아나운서는 요설妖說꾼 들이다. 북한인민을 선전. 선동으로 김일성 일가를 왕권체제로 만들어 광신적인 종교집단으로 만들어 놓은 것은 북한공산주의자들이 요설妖說을 부리고 있기 때문이다.

그리고 우리나라에서도 TV나 신문 등의 언론매체와 각종 단체들이 요설妖說을 부려 국민들을 현혹시키고 있어 선량한 국민들에게 피해가 이만저만이 아니다. 예를 들어보면 무슨 문화운동이나 ○○집회를 한다고 집회 신고를 하고 그 장소에서 폭력이나 교통 혼잡 등으로 시민들에게 불편을 주고 있다. 그 장소 내에서 각종 행사를 한다면 하등의 국가기관에서도 전경을 동원하여 막지 않을 것인데 죽창을 만들어 시위하고 경계선을 넘어 복잡한 도로를 점령하여 소란을 피우니 그 피해는 고스란히 국민들에게 돌아오게 되는 것이다. 이제는 합법적으로 민주적으로 정말 민주시민답게 억지를 부리지 말고 순리에 맞게 행동을 했으면 한다.

그런데 언론매체에서는 그들을 부추기며 오히려 교묘한 방법으로 사실을 왜곡하고 그 집회 장면을 묘하게 자기네 편이 의도하는 방향으로 유도하는 것은 요설妖說을 부리고 있는 것이다. 각종 언론매체에서는 어느 한쪽에 치우치지 말고 사실보도와 객관적인 판단을 해주기를 바란다. 예를들어보면 시위군중이 전경에게 폭행당하는 모습이 있으면 전경이나 경찰이 시위군중에게 폭행당하는 모습도 공정하게 반영하여 시청자에게 공정한 심판을 할 수 있게 해야 되는데 한쪽으로만 치우치기 때문에 흑백논리로 갈 수 밖에 없는 것이다. 지금 우리는 요설饒舌이나 요설妖說을 부리고 따질 때가 아니다. 북한의 김정일은 남북대화등을 단절시키고 오직 김정일의 세습체계를 확고히 하기위하여 북한동포들을 공포 속으로 몰아넣어 불평불만을 해소시켜 언제든지 남한 사회를 위협하고 남한을 공산화 시키려고 하고 있다. 이러한 공산주의 정책은 김정일 공산주의자들이 이 땅에 존재하는 한 변하지 않을 것이다.

6월은 우리에게 많은 교훈을 주고 있는 달이기도 하며 그 중에서도 6·25전쟁은 이 강토를 폐허로 만들고 동족상쟁의 씻을 수 없는 만행을 북한공산주의자들이 자행한 잔인한 달이며 두 번 다시 우리에게 일어나서는 아니 된다는 교훈을 잊지 말고 되새겨 보아야 되는 달이기도 하다. 그런데 일부좌경(공산주의)주의자들은 북한 공산주의자들을 옹호하며 지난 10여 년간 퍼주기만했던 어리석은 짓을 계속 이어갈 것을 주장하는 허무맹랑한 요설妖說을 하는 자들이 있는 것을 볼 때 정말 황당하기 그지없다. 절대로 북한공산주의자들은 그들의 남한적화를 포기하지 않는다는 것을 알야아만 된다. 지도자들이여 요설饒舌은 하되 요설妖說로 둔갑시키지 말고 진실로 모든 것을 해설하고 해석하여 화해하고 일치단결된 모습을 보여 주기를 국민들은 바라고 있다. 국가 안보는 모든 것에 최우선임을 알아야 된다.*

설봉산에 올라

이른 새벽부터 사람들이 혼자서, 부부가, 어린이가, 노인들이 물통을 들고, 배낭을 메고, 어린이는 손을 호호 불면서 설봉산을 오르고 있다. 나는 산을 좋아 하는데 등산을 잘하지는 않는다. 초저녁 잠이 없는 대신 아침잠이 많아서 아침 8시정도까지 잠을 자는 습관이 있기 때문에 아침 산행을 하지 못한다. 그래서 주위 어른들이 '이 사람아 자네도 나이 들어봐. 아침에 잠이 일찍 깨어질 거야.'하는 말씀을 들었을 때, 나는 그것은 사람에 따라 다를 수 있을 것이고, 나의 아침잠 습관은 변하지 않을 것이라고 생각했는데, 이순耳順의 나이가 지나서부터는 이상스러울 정도로 새벽 4~5시면 눈이 저절로 떠진다. 이것이 자연의 순리인가보다. 날씨가 벌써 입춘立春이 지나서 인지 설봉산길 주위의 벗나무가지

꽃봉오리가 숫처녀 젓꼭지처럼 검붉게 물들어 살포시 내밀고 있는 것이 봄의 향연饗宴을 준비하고 있는 징조인 것 같다.

도연명의 귀거래사歸去來辭에 '돌아가자~ 전원이 장차 황폐해지려하니 어찌 돌아가지 않으리오.'라고 했듯이 내가 나이기에 나에게(자연)로 돌아가게 되는 것이 당연한 것이고 그렇게 되어야만 하는 것이 또한 자연의 순리인가보다. 요즘 신문지상이나 뉴스를 보면 정말 기가 찰 노릇과 어느 것 한가지 희망적인 것이 없어 보인다. 의·식·주 중에 한 가지라도 마음 놓고 해결할 수 있는 분야가 없다. 먹는 문제에 있어서 각종 음식의 가공식품, 육류, 곡류, 채소, 과일, 생선, 이것이 수입산인지 국산인지, 건강에 이상이 없는지 분별할 수가 없고 더욱 경악을 금치 못하는 것은 가짜 쇠고기, 돼지고기가 있다는 뉴스를 보고 정말 어안이 벙벙했다. 믿지 못하게 했기 때문에 믿지 못하는 것인지, 믿지 않으니 믿지 못하게 하는 것인지 모르겠다.

매스컴에서 채널을 돌릴 때마다 각종 고발과 부정과 부패의 사회 혼란상을 다루는 분야와 청소년들의 이상야릇한 행동을 하는 모습과 사치의 극치만을 보여주고 있으니 청소년들은 말할 것도 없이 기성세대들까지도 마음의 병이 들어 이모든 병폐들이 당연시 되어가고 있는 현상을 치유할 방법은 없는 것인가? 하느님이 인간을 만들 때 흙으로 빚은 것을 이해가 간다. 흙은 어떠한 모양으로 부서질 수도 있지만 물과 잘 배합하면 또한 잘 뭉쳐질 수도 있는 것이다. 현재 사회 현상은 선과 악의 구별이 분명하지 못하고, 오직 자신의 이익과 편리함만 있으면 그쪽편이 되고 흑과 백의 논리로만 해석하고, 악의 과정까지도 흑백논리로 생각하기 때문에 자신의 입장에서만 떼쓰고 소리 지르고 폭력을 쓰는 광경을 계속적으로 방송하게 되면 이 사회를 혼란과 혼돈의 구렁텅이로 몰아넣는 결과로 만들 수 있다. 법과 질서는 지켜져야만 된다. 농부가 밭에 있는 잡초들의 씨앗까지 아끼려는 마음은 있지만 더 많은 추수를 하기 위해서는 잡초는 뽑아야만 된다. 산속의 골짜기에 목장을 만들기 위해서는 과감한 벌목 작업도 필요하고 불도저로 무차별적인 구렁을 파헤치고 뒤집고 메우는 작업이 있어야만 훌륭한 목장을 만들 수 있다. 그러나 그보다 더 큰 다수에게 해를 입힐 수 있는 요소가 있을 시에는 그 해의 요인을 제거하든지 방책을 세워야만 된다. 이사회가 공권력이 살아 있지 않으면 어떻게 될 것인가? 최대의 자유를 얻기보다는 최대의 안전이 더욱 중요한 것이고 물질의 행복보다는 마음의 행복이 진정 행복일 수도 있다. 법정스님의 말씀 중에 한 구절이 생각난다. '우리가 산다는 것이 이 우주가 벌이고 있는 생명의 잔치에 함께하는 일이다. 사람이 착하고 어진 마음을 쓰면 이 우주에 있는 착하고 어진 기운들이 따라온다.

반대로 어둡거나 어리석은 생각을 지닐 때는 이 우주 안에 있는 어둡고 파괴적이 요소들이 몰려온다.'고 했듯이 착하고 선한 마음을 가질 때 이 사회는 훈훈하고 행복할 수 있고 조금 덜 가진다고 반드시 불행한 것은 아니다. 남에게 조금 주어보자! 기쁠 것이다. 오늘 설봉산에 올라 행복의 마음을 품어 보자.*

안구기증과 오병이어五餅二魚의 기적

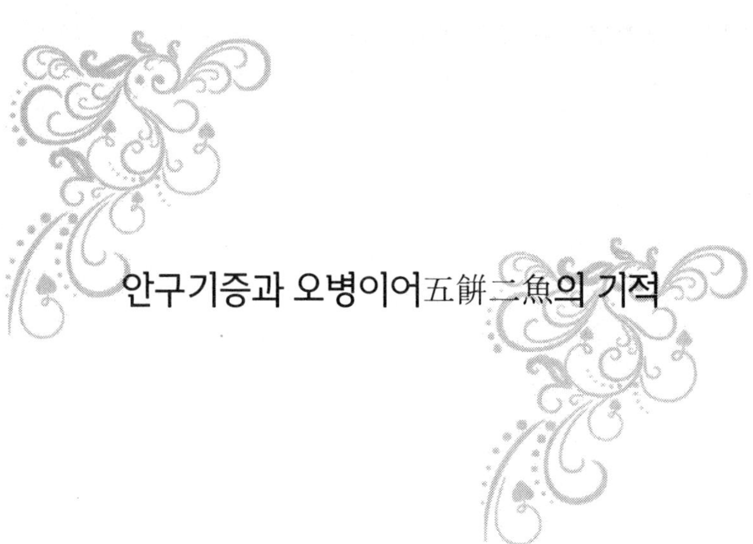

성경책 요한복음 6장 1절에서 14절에 오병이어五餅二魚에 대한 이야기가 나오는데 예수님께서 보리떡 5개와 물고기 두 마리를 가지고 5,000여명의 군중들에게 배불리 먹이고도 남은 것이 12광주리가 되었다는 기록이 있는데, 지난 2월 16일 김수환 추기경님께서 선종善終하시어 어느 신부님이 추모사에서 오병이어의 이야기를 하시면서 김 추기경님의 안구기증에 대한 추모사가 너무나 감명이 깊었다.

기적이라는 것이 어느 환경이나 물체가 급작스럽게 변하는 것이 아니라 말씀에 의해서 인간의 뇌를 자극하여 행동으로 옮기어 일어나는 것이라고 생각되었다. 신부님 말씀에 예수님은 군중에게 나눔의 실천을 행동으로 보이셨기 때문에 기적이 가능할 수 있었을 것이라고 설명하며 지금 우리나라에서 안구기증을 받으려고 대기하고 있는 환자들이 5년 이상 기다려야 안구를 기증받을 수 있지만 김 추기경님의 안구기증으로 다른 어느 때보다도 기증자가 5~6배는 늘어났기 때문에 1년이면 안구를 기증받을 수도 있을 것 같다며 김 추기경님 한 사람의 희생이 이와 같은 기적을 일으킬 수 있는 것이다라는 내용이었다.

지금 우리나라는 전 세계적인 불황이 겹쳐서 그 어느 때보다도 어려운 처지에 놓여 있는 실정이지만 지도자들의 참다운 지도력을 발휘한다면 얼마든지 헤쳐 나갈 수 있는 저력이 있는 민족임을 우리는 익히 터득했던 국가이다. 그런데 국회에서 여와 야가 국정을 논의하며 국민들로 하여금 안심하고 생활에 임할 수 있게 하기 위하여 머리를 맞대고 진정으로 심도 있는 논의를 하고 대화하여 타협하여도 이 어려운 경제적 난국과 사회혼란, 국기안보 불감증을 해소해 나갈 수 있는 방책을 찾기가 힘들 지경인데도 그들은 멱살을 잡고 난투극을 벌이고, 아수라장을 만들고 있는 모습을 볼 때 정말 저들이 우리 국민을 대표해서 이 국가를 이끌어 가고 있는 지도자들인가 하고 한탄과 한숨만 나올 뿐이다.

기적은 저절로 이루어지는 것이 아니다. 희생이 따를 때 기적도 이루어진다는 사실을 우리는 역사적 체험과 실천적 경험 철학에서 익히 알고 있지만, 아집과 욕심과 집단적 이기심으로 인하여 실행에 옳기지 못하기 때문에 기인되고 있다. 지금 어려운 현실에서 나눔의 운동이 번지고 있는 모습이 이곳저곳에서 번져나가고 있는 것과 노조가 진정으로 노동자를 위하고 회사를 위해서 조직돼 노동운동을 하는 것이 기본인데, 정치성을 띠고 권력의 집단으로 변질되어 사회혼란을 야기시키는 행동이 옳지 않다고 판단하여 노총을 탈퇴하는 기사를 접할 때 우리의 앞날은 아직도 어둡지만은 않다는 느낌을 받는다. 남의 제사에 밤 놔라 대추 놔라 하지 말라는 우리 속담이 있듯이 현재의 우리 노총은 그 한계를 벗어난 행동을 하는 것 같다. 예를 들어 철도노조가 평택미군 기지 이전을 반대해서 파업을 한다는 것이 이해가 가지 않았다. 이것은 소수 과격분자들이 자신의 이념과 사상적 이익을 위한 수단임이라는 것이 백일하에 드러나고 말았다. 어느 행정기관과 시. 군청 직원들이 급여를 일부 반납하여 일용직 근로자들을 위한 일자리 창출에 앞장서고 인천철도 노조원들이 민노총을 탈퇴하여 노동자 본연의 업무에 충실하려는 노력은 이제 우리나라가 다시 한번 도약할 수 있는 발판이 마련되고 있음을 보여주고 있다.

전 세계가 지금은 경제적 불황 속에 처해 있기 때문에 자칫 잘못하면 이만큼이라도 이루어 놓은 우리의 경제적 기반이 무너져 선진국 문턱에서 낭떠러지로 추락한 아르헨티나 등의 국가처럼 될 수도 있다는 것을 우리는 알아야만 된다. 이제 우리 다같이 공생 공존해야 된다는 평범한 진리를 깨달아 '나'와 '내 것'만을 위한 것이 아니라 '너'와 '우리'를 위하여 양보하고 이해하고 타협해 볼 것을 간절히 기도해본다.*

'닭대가리'

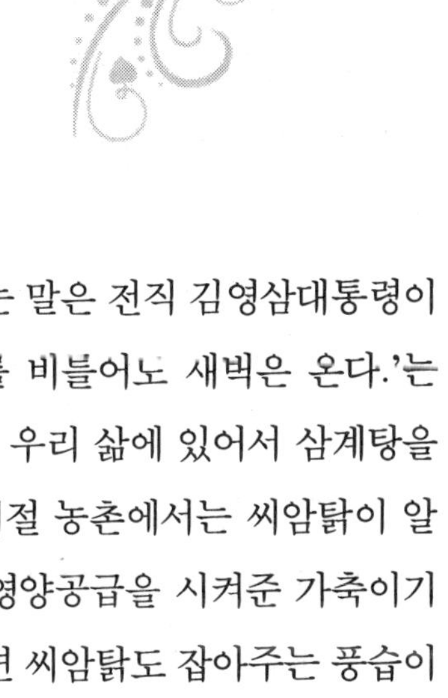

나에게 닭에 대한 가장 기억에 남는 말은 전직 김영삼대통령이 야당민주화투쟁시절에 '닭 모가지를 비틀어노 새벽은 온다.'는 말이 새삼 새로움을 주고 있다. 닭은 우리 삶에 있어서 삼계탕을 만들어 보약으로도 쓰여지고 어린시절 농촌에서는 씨암닭이 알을 낳으면 웃어른들에게 매일같이 영양공급을 시켜준 가축이기도 했으며 또한 귀한손님(사위)이 오면 씨암닭도 잡아주는 풍습이 있기도 했다. 어린 병아리 때에는 봄철이면 초등학교 앞에서 노랑병아리를 아주머니가 판매하여 어린이들에게 동심을 심어주기도 했는데, 요즘은 컴퓨터 등의 놀이기구가 많아져서인지 그런 광경을 보기가 어렵다.

그런 반면에 무엇인가 지나간 일에 대해서 잘못됨을 반성하지 못하고 잘 잊어버리는 습관을 가진 사람들에게 사용하는 말 중에 그 사람 '닭대가리 아니야?'하며 비유하는 말이 있기도 하다. 지금 각종 보도매체에서는 뇌물주고, 받았다는 기사로 온 지면과 화면을 도배질 하고 있다. 최고책임자로 있었고 좋은 자리에 있었던 사람들은 한글도 잘못 읽는 사람들인가 보다. 그리고 신문이나 TV를 한 번도 보지 못하고 다른 외계에서 그 자리에 않았던 분들 같다. 그렇지 않다면 그들은 '닭대가리'소리를 들어도 할 말이 없는 자들이다. '닭대가리'들은 모두가 부정을 감시하고 부정을 질책, 징계해야 되는 자리에 있었던 자들이 스스로 '공짜'좋아하다 줄줄이 굴비 엮이듯이 끌려가는 모습을 그들은 틀림없이 보았고, 들었고, 읽었을 것이다.

노자의 말씀 중에 소욕지족少欲知足 작은 것과 적은 것으로 만족할 줄 알아야 된다는 말과 대소다소大小多少 작은 것을 크게 알고, 적은 것을 많게 알라는 말이 있다. 우리는 이 세상에 태어날 때 빈손으로 왔다가 누구라도 빈손으로 돌아가게 되어있다. 그러니 가난하게 살든 부자로 살든 그 어떠한 손해와 이익이 크게 있을 수 있겠는가? 행복이란 반드시 많고 큼에 있는 것이 아니라 오히려 적고 작음에도 얼마든지 행복을 느낄 수 있다. 요즘 영화 '워낭소리'에서 한 농부의 순박한 삶 속에서 자연과 혼연일체가 되어 살아가는 모습에서 무한한 행복감을 느낄 수 있었다. 법정스님이나 김수환추기경 같으신 분들은 옷 한 벌, 밥그릇 한 벌을 가지고도 행복을 만끽하시며 우리들의 빛이 되신 분들이 아닌가?

그런데 '닭 목아지를 비틀어도 새벽은 온다.'는 절규를 하며 민주화를 부르짖던 분들 그 슬하의 아들과 가신들이 쇠고랑을 차고, 김대중전대통령의 두 아들도 쇠고랑을 차고, 지금 또다시 하늘을 우러러 한점 부끄럼이 없을 거라며 '노사모'들이 그렇게 추앙하던 노무현 전직 대통령도 또다시 '파리똥은 똥이 아니다'라는 식으로 얼마 되지 않는다고 하고 내가 받은 것이 아니라 집사람이 받은 것이다라는 이상야릇한 변사 같은 논리를 펴며 자백을 한 것을 볼 때, 하나같이 최고통수권자였던 사람들은 한분도 '닭대가리'가 아니신 분이 없다는 것이 국민의 한사람으로서 분통이 터지고 울화가 치밀어 오는 것은 미련하고 바보스러운 필자의 생각뿐인지 모르겠다. 그리고 뭇 백성은 아내의 죄를 오히려 뒤집어쓰며 애틋한 사랑을 하는 사람들도 있었다.

행복은 작고 적은 것에서 찾고, 뇌물은 적은 것이라도 많게 일고, 죄는 작은 것이라도 크게 알 때, '닭대가리'소리를 듣지 않는다는 것을 지도자들은 명심해야 될 것이다. 닭대가리, 닭대가리라는 소리가 나의 뇌리에서 지워질 날이 언제나 올지 모르겠다.*

그 바보

TV방송에 '그저 바라보다.'라는 연속극 제목이 줄임말로 '그 바보'라고 큼지막하게 영상자막을 장식하고 있는 장면을 볼 수 있었다. 바보라는 단어는 국어사전에서는 '어리석고 못난 사람. 지능이 일반인에 비하여 떨어져 정상적인 사리판단을 하지 못하는 사람을 속되게 일컫는 말이다.'라고 해석하고 있는데, 지금 우리 주위에서 '바보'라는 제목이 들어가는 책자들을 볼 수 있는데 그 중에서 얼마 전에 선종하신 김수환추기경님의 '바보가 바보에게'라는 책과 더불어 다수의 사람들의 생각이 영악한 사람보다는 약간 모자라는 행동을 하는 사람을 더 좋아하는 것 같다.

실질적으로 바보 같은 짓을 하는 사람은 바보가 아니라 '참음'을 하는 사람들이다. 참음이란 모든 것을 이길 수 있어, 옛말에 참을 인(忍자) 셋이면 살인도 면할 수 있다는 말이 있듯이 인忍자 뜻을 큰 옥편에서 살펴보면 참는다는 뜻외에 용납하다, 이기다, 바라다, 질기다, 알다. 라는 뜻이 있고, 잔인하다, 모질다라는 뜻도 있는 것을 보면 실패하고 지는 것이 아니라 이익을 가져올 수 있고, 마침내 이기는 것임을 알 수 있다. 그래서 참는다는 것은 그렇게 쉬운 일이 아니라 자신을 낮추고 울분을 참을 수 있는 수양이 되어야 되기 때문에 바보가 되기 위해서는 자신을 버리고 양보하고 내탓이라고 할 때 가능하리라 본다.

필자는 '바보들의 행진'이란 제목으로 집필을 한 적이 있는데 그 바보들이 지금 진짜 바보짓을 하여 바보가 되었고, 지금 또다시 바보가 되고 있는 모습을 볼 때 진정 바보가 되려면 추기경님 같은 바보가 되기를 기원했건만 아직도 정신 못 차리고 그 잘난 세치 혓바닥을 놀리며 바보(국민)들의 상식이하의 행동을 하고 있는 그들(좌파)이 이제는 야속하다 못해 저주하고 싶고 욕설이 입술을 맴돌고 있는 실정이며, 어느 술좌석에서는 노골적으로 지난 10년간의 북한 퍼주기의 댓가가 핵을 만들고, 서울을 불바다로 만들겠다고 큰소리치는 김정일 공산집단들의 기만 살려준 꼴이 되었다고 분통을 터트리고들 있다. 좌파진보세력들을 미워도 했지만 그래도 부정만은 하지 않는 신선함을 가져오리라고 믿었는데, 오히려 한술 더 뜨고 있는 인면수심의 작태들을 볼 때 너무나 배신감을 느끼고 있다.

김수환추기경님과 같은 높으신 분도 스스로 나는 '바보'라고 자신을 낮추어 행동으로 실천하시며 사람의 귀천을 가리지 않고 사랑으로 모든 것을 베풀어 주셨던 참되신 성직자이셨던 분이다. 완장을 차보지 못했던 시절에는 완장 찬자들에 대해서 그렇게 비판하고 멸시하고 선전 선동하던 자들이 본인이 완장을 차고 보니 더 교묘한 방법으로 바보(국민)들을 이용하고 우롱하고 말장난으로 현혹시키면서 이 핑계 저 핑계로 법망을 빠져나가려고 갖은 수단방법을 다 동원하고 패거리끼리 몰려서 갖은 궁리를 다하고 들 있는 꼴이 정말 가관이다.

바보들아! 이제는 바보(국민)가 그저 바라만보는 그 바보가 아니라 적극적으로 참여하여 바보가 바보로 우롱하다가는 큰코다친다는 교훈을 틀림없이 준다는 것을 인식해야만 된다. 말없는 국민은 현명하기 때문이다.*

욕심慾心과 욕망慾望

노무현 전직 대통령의 서거에 삼가 고인의 명복을 빕니다.

욕심慾心은 지기에게만 이롭게 하려는 마음, 탐내는 마음, 분수에 지나치게 하고자 하는 마음이라고 사전에서 풀이하고 있고, 욕망慾望이란 하고자 하는 마음, 부족함을 채우고자하는 마음이라고 해석하고 있다.

노무현 전직 대통령의 자살은 욕심을 떠나 욕망이 너무나 크셨던 때문인 것 같다. 그러나 이 모든 것은 소유욕에 기인된 부속에 불과하다고 본다. 소유라는 것은 어떤 재산이나 물질만의 소유가 아니라 정신적인 것, 지적인 것을 포함하여 채우고, 가지고, 지배하고, 다스리고자하는 등의 모든 것을 하고 싶은 마음이라고 생각한다. 지금 우리나라는 모든 국민이 그 소유욕으로만 들끓어 그것이 팽창 직전에 처해있는 실정이다.

한번 냉정히 생각해보면 노무현 전직 대통령의 서거에 대한 여러 가지 흑백논리로 난리법석들을 떨고 있는데, 전직 대통령님은 욕망이 너무 많아서 주위사람들의 욕심을 상세히 살피지 못했기 때문에 최고의 욕망을 위하여 자살이라는 극단적인 최고의 수단을 선택한 것으로 본다. 어느 신문 칼럼에서는 역대 대통령 중에 가장 적은 금액의 부정에 의한 괴로움으로 죽음까지 실행한 것은 우리나라 앞날의 역사에 대통령직을 할려면 어떠한 조금의 부정행위도 국민들이 용납하지 않는다는 교훈을 준 것이라고 논평을 한 기사를 읽었다. 어린아이 같고 어찌 보면 천진난만한 바보스런 행위의 모습들은 사람들의 심금을 울린 적도 있었다. 그러나 최고의 경영자나 국가의 지도자는 철학자나 예술, 문학, 종교가처럼 행동해서는 아니 되고, 모든 각계각층 각종의 직업과 남녀노소를 헤아릴 수 있는 능력을 발휘할 때 다수의 사람들에게 칭송을 받을 수 있다고 본다. 그리고 그 자리에 있었던 생각도 역사가 증명 될 것이고 심판자가 심판 할 것이라고 믿는다. 국가를 경영하고 국민전체를 지도하는 지도자는 좋아도, 아파도, 미워도, 참을 때는 참고, 표현할 때는 표현해야 진정한 지도자의 자격이 있다고 볼 수 있다.

예수, 석가, 공자와 같은 성인 분들은 국가의 경영자나 지도자가 아니라 정신적 신앙적인 지표가 되시는 분들이다. 그들을 흉내 내어 경영이나 지도 할 수는 없는 것이다. 순진하고 바보스런 지도자를 원한다면 나의 손주놈이 적당한 것 같다. 좋으면 좋다고 하고, 싫으면 싫다고 하는 내 손주놈은 지금 5살이다.

그는 우리 곁을 떠나셨다. 이제 우리는 그의 유언에 따라 누구를 어느쪽을 미워하거나 증오하지 말고 화합해야만 된다.

지금 북한은 핵으로 우리를 위협하고, 북한 동포를 억압과 공포의 수렁으로 몰아넣고 있는 현실 앞에 냉정을 찾아 우리 동포들을 구해야만 하는데 모든 역량과 힘을 모아야 된다고 본다.

우리는 추위와 배고픔과 서러움 등의 갖은 고난과 고통을 이겨온 민족이지 않는가!

이제 이 기나긴 오천년의 역사를 이어나가야 되는 시대적 사명감이 현시대의 우리가 책임 져야만 될 운명임을 명심해야 된다. 그리고 이제 우리는 크나큰 욕심을 버리고 작은 욕망을 품고 서로가 서로를 이해하며 마음의 증오를 버리고 전직 노 대통령님의 서거 앞에 명복을 빌면서 다시 한번 한강의 기적 대한민국의 기적을 이룩하는데 총력을 경주하자.*

참 사랑과 정情

　사랑이란 정情을 느끼거나 주는 것이라고 사전에서 풀이하고 있다. 지금 우리나라 사회는 너무나 꽁꽁 얼어붙어 지구의 온난화는 신체적 느낌이지 정신적 온도는 영하로 점점 떨어지고 있는 실정이다. 이 모든 것은 사랑이 부족하기 때문이라고 본다. 사랑은 헌신을 요구하고 있기 때문에 이기심이 생기면 진정한 사랑이 이루어질 수 없는 것이다. 사랑은 주는 사람과 받는 사람이 일치할 때 참사랑이 될 수 있는 것인데 사람들은 사랑은 베푸는 것이고, 주는 것이고, 받는 것이라는 일방적인 생각을 하기 때문에 참사랑이 이루어지지 않는 것이다. 우리는 아가페적 사랑을 강요하기 때문에 사랑은 힘든 것이고, 사랑은 아무나 할 수 없는 것으로 생각하게 되는 것이다. 사랑은 어머니가 아기에게 젖을 주고, 젖을 먹는 아기의 모습과 일치한다. 젖을 주는 어머니는 강요가 아니고 의식意識이 아니며 젖을 먹는 아이는 고마움과 부담감이 없는 관계이다. 사랑이란 이와 같은 것이기에 지금 우리 사회가 경제적 어려움에 처해 있다손 치더라도 사랑으로 서로서로 감싸주고 감싸 안을 때 행복감을 느낄 수 있는 것이다. 사랑을 줄때는 댓가를 바라거나 고마움을 받으려고 할 때 사랑은 잘못될 수 있는 것이며, 또한 반면에 사랑을 받을 때는 고마움을 느끼고 고마운 마음을 내가 다른 제 삼자에게 베풀 수 있다는 마음을 가지면 된다.

사랑은 어떤 물질적인 것도 있지만 정신적인 면의 사랑이 더 강한 것이다. 예를 들어보면 용서하는 사랑과 베푸는 사랑이라고도 볼 수 있다. 타협하는 사랑, 양보하는 사랑, 화해하는 사랑, 감싸주는 사랑 등, 사랑은 정情이라고 할 수 있다. 정을 주면된다. 지금 우리 사회는 정이 너무 메말라 있다. 5, 60년대 우리는 배고픔은 있었다. 그러나 정은 정말 넘쳐흘렀다. 이웃집에서 별다른 음식을 조금 하여도 이웃과 나누어 먹었고 얼마 전 지나간 동지 冬至때는 팥죽이나 떡을 하면 옆집과 나누어 먹던 기억이 새롭다. 그리고 동생 '돐' 잔치 때 이웃집에 수수팥떡을 나누어 주면 이웃집아주머니는 무명실 한 타래를 내가 받아왔던 기억이 있고, 사람이 죽어 장사 때면 정종 술 한 병 사가지고 가시던 아버님 모습이 생각난다. 이것이 정이다.

그러나 지금은 어떠한가? 권력자와 결탁하여 몇 억 몇 천억을 주고받고 한다고 한다. 그러다보니 대통령을 지내신 분들의 친인 척들이 감옥에 다녀오지 않은 분이 없는 것이 우리 역대 대통령 들의 현실이다 보니 국민 누군들 그들을 존경하고 그 말에 귀를 기울일 것인가? 이것은 그들의 정이 아니었다. 욕심이었기 때문 이다. 욕심은 죄를 낳고, 죄는 사망을 낳는다고 했다. 정은 큰 것 이 아니다. 작은 것이며 작은 정이모이면 큰 정이 될 수 있다. 우 리 다 같이 이 한해가 다가기전에 적은 정을 나누어 보자. 예를 들 어 TV에 사랑의 전화 한 통씩 해보자. 4천만이 전화 한 통화씩 (2000원)하면 800억이라는 큰 정이 모일 수 있는 것이다. 그리고 반드시 금전적인 정이 아니더라도 얼마든지 정의 요소는 남녀노 소 때와 장소가 없이도 가능할 수 있다.

그것은 누구나 욕심을 버리고 진정한 사랑, 참사랑을 할 때 우 리는 행복을 느낄 수 있고, 현재 경제난국도 충분히 헤쳐 나갈 수 있는 것이다. 우리는 수천 년의 역사를 지내온 민족이다. 지금보 다 수십, 수백 배의 어려움 속에서도 이 나라를 지켜온 우리 선인 들의 굳건한 정신을 이어 받아 왔기에 지금의 우리가 존재할 수 있는 것이다. 이 국가 이 지역을 이끌어 가고 있는 지도자님들이 여! 선심정책을 쓰지 말고, 보복의 정책을 쓰지 말고, 미움의 정책 을 쓰지 말고, 진정 백성과 국민을 위한 참 사랑의 정책을 써서 국 민들로 하여금 믿음의 지도자들이 되어 국민들로 하여금 희망을 갖게 해주시기를 바랍니다. 다 같이 정을 나눈 우리가 되어 서로 참사랑을 해 볼 것을 간절히 바라고 기대해 봅시다.*

'몫'

'몫' 이란 사전에서 '여럿으로 분배하여 가지는 각 부분이다.' 라고 해석하고 있다.

사람과 모든 세상만물들은 각기 그 '몫'을 가지고 존재하고 있다고 본다.

'있는 자의 몫', '없는 자의 몫', '여자의 몫', '남자의 몫', '어린이의 몫', '어른의 몫', '선생님의 몫', '학생의 몫', '대통령의 몫', '국민의 몫'이 있는데 그 '몫'을 자신의 것보다 욕심을 내며 살려고 하기 때문에 문제가 발생하는 것이다.

내가 어릴 때 동네친구들과 냇가로 고기를 잡으려 6~7명이 갔는데 망치로 돌을 때리는 아이, 고기를 줍는 아이, 고기망태기를 들고 있는 아이, 지렛대로 돌을 들먹거리는 아이, 물을 휘젓는 아이, 이래라 저래라 일을 총지휘 하는 아이 등 각자가 자기의 '몫'을 하면서 열심히 고기를 잡고 난 후에는 그 고기를 균등하게 몇 마리씩 분배하여 각자에게 나누어 가졌던 기억이 있다. 이러한 행동은 누구에게 배웠거나 가르쳐 주어서 행동한 것이 아니다. 순전히 어린동심에서 우러나와 이렇게 하는 것이 타당하다고 생각했기 때문이다.

그런데 지금 이 세상 사회현상은 과연 자기의 '몫'을 하면서 사는 사람들이 얼마나 될는지 의심스럽다. 우리속담에 '몫'에 대한 것을 예를 들어보면 '송충이는 솔잎을 먹고 살아야 된다.' '꼴뚜기가 뛰니 망둥이도 덩달아 뛴다.' '남이 장에 가니 자기도 따라간다.' '꿈은 산자의 몫이다.' '내 몫까지 살아줘.' 등 '몫'에 대한 행동은 여러 방면으로 올바른 판단과 정직성을 강조하고 있는 것인데, 사람들은 자신의 '몫'을 망각하고 분수에 넘치는 행위를 하기 때문에 패가망신을 당하고, 남들에게 손가락질을 받는 수모를 겪는 것이다, 그리고 '몫'이란 그 환경과 여건과 맡은 직무에 따라서 처신하고 행동해야 된다.

머느리 때에는 며느리로서의 '몫'을 해야 되고, 세월이 흘러 시어머니가 되면 시어머니로서의 '몫'을 해야만 된다. 그런 반면에 '사치와 자본주의와 저주의 몫'에서 '베르러좀바이트'는 사치와 자본주의에서 유럽 귀족층의 사치가 자본주의 경제체제를 탄생시켰다고 주장하는 반면에 '조르주바타이유'는 '저주의 몫'에서 잉여의 사용에 따른 사치를 보여주고 있다 고하며 사치는 근대

자본주의의 발생에 매우 여러 가지 방법으로 기여하였다고 주장, 지나친 잉여는 사회의 파괴와 더불어 전쟁을 유발 시킬 수 있다고 강조했는가하면 '역동적 평화'를 외치면서 무기제조, 군비 경쟁 등 잉여의 소모를 통하여 전쟁의 위협을 유지키시며 세상을 지키는 진정한 평화를 유지 할 수 있다고 '저주의 몫'에 대하여 강조하기도 한다.

이와 같이 경제학적인 측면과 사회 보존적 측면에서 '몫'에 대하여 설파하는 학자들도 있지만 '몫'에 대한 진정한 의미는 자신에게 주어진 것에 대해서만 가져야지 남의 '몫'을 빼앗으려고 할 때 반듯이 화를 불러 올수 있는 것 이다. 넓은 의미에서 '몫'은 '땅의 몫', '물의 몫', '사람의 몫', '하늘의 몫'이라고 생각해보는데 '몫'을 인간들이 편리함과 재화를 위해서 이용하게 되면 크나큰 재앙을 불러오게 된다.

이제 우리는 '산은 산이요. 물은 물이다.'라는 이치를 깨닫고 자신의 '몫'을 잘 지키고 잘 다스리는 지혜를 가져야만 되겠고, 농민의 '몫'은 농민에게 돌려주고 용서를 빌어야만 되겠다.*

제2부

사랑은 아무나 하나

소수의 생떼

얼마 전 내가 근무하고 있는 터미널 내에서 중3학년쯤 되는 어린 어학생 두 명이 화장실에서 담배를 피워서 꾸중을 하는데 그 학생은 '아저씨가 담배피우는 것 보았어요.' '나 담대 안 피웠어요.' 하기에 미화원 아주머니에게 '이 학생이 담배 피웠어요, 안 피웠어요.'하고 물어보니 '학생이 방금 담배를 피워서 내가 어린 학생들이 담배를 피우면 안 된다.'하고 야단을 치니까 '아줌마가 담배 사주었어요.'하면서 오히려 대들어서 미화원 아주머니가 사무실에 가서 이야기 했던 것이라고 하기에 그 학생에게 꾸중을 하니까 학생은 아이씨~ 하면서 눈을 부라리고 욕을 하며 대드는 광경을 보고 참다못해 사무실로 데리고 와서 훈계를 하니 오히려 끌고 온 것을 아저씨가 자기를 때렸다고 하면서 '생떼를 쓰기에

하도 어이가 없어 경찰서에 신고하고, 너희 부모님께 연락하라고
하니까 연락하여 경찰이 오고, 학생 아버지가 왔는데 그 아버지
는 누가 우리 애를 때렸냐며 얼굴이 불그락푸르락하면서 소리 지
르고 고소하겠다는 소리부터 하는 것이었다. 그래서 내가 그 아
버지를 조용히 불러 내가 저 어린학생을 왜 때릴 것이며 만약 때
렸다면 어디 맞은 자국이라도 있을 것이 아니냐고 하며 또한 때
리고 경찰서와 아버님에게 연락을 하라고 했겠느냐고 하니까 그
아버지는 약간 흥분을 가라앉히는 것이었다.

정말 이 사회가 어떻게 돌아가고 있으며 어린 학생들의 도덕과
사회윤리와 공중도덕에 대한 인성교육은 어디에서도 찾아 볼 길
이 없다. 학생을 가르치는 선생님들은 내가 학창시절에 생각하던
선생님들에 대한 존경심과 신뢰감은 온데 간데 없어져 버리고 오
히려 학생들의 눈치 살피기에 급급한 것 같다. 이곳에서 이러한
일은 비일비재하고 이제는 나도 학생들의 훈계에 한계를 느껴서
보아도 못본 척하는 것이 상식화되어 버렸고, 수많은 사람들(어
른)이 그 광경을 목격하며 얼굴을 찌푸리면서도 누구 한사람 총대
를 메려고 하는 사람들이 없다는 것에 우려와 안타까움이 더해져
오고 있다.

이 일이 있기 얼마 전에 한 여학생의 아버지가 화장실 앞에서
자기 딸아이가 가출하여 찾아다니다가 찾았는데 화장실 안에 들
어가서 문을 잠그고 나오지 않는다고 하기에 회사 직원을 동원하
여 화장실 문을 열개끔하여 그 여학생이 친구와 같이 나오면서

아버지를 뿌리치고 달아나는 것을 그 아버지가 붙들어 몇 차례 때리니까 아버지에게 입에 담기조차 민망스러운 정도의 욕설을 퍼붓는 것이었다. 그 아버지는 하도 어이가 없어 얼이 나간 사람처럼 되어있는 모습을 목격한 적이 있었다. 왜 이렇게 어린 학생들이 학생의 본분을 망각하고 이탈하고 있는 것인가? 한번쯤 우리 기성세대와 어른들은 생각해 보아야 될 것이다.

이것은 자유와 인권의 남용이 부른 결과라고 생각한다. 자유와 인권은 존중되어야 된다. 그러나 그 한계를 분명히 정하여 그 기준을 벗어나면 타인에게 피해를 준다는 것을 분명히 교육하고 일러 주어야만 된다. 그런데 지금의 우리 사회현상은 소수의 생떼에 길들여져 있는 현상이다. 소수의 생떼가 여러 사람을 위한 것이라면 백번 천 번 옳은 것인데, 그것이 개인의 이익과 한집단의 이익을 위한 것이라면 단호히 거절하고 막아야만 된다. 그런데 지금 우리 사회는 소수의 생떼 쓰는 법을 교묘하게 자기 방어적인데 이용하고, 어린 학생들마저도 이것을 이용하여 자기 합리화 내지 자신의 방어수단으로 적용시켜 사춘기 때의 방황이 자못 범죄의 늪으로 빠져 들어가고 있는 현상을 기성세대의 소수의 생떼 쓰는 과정에서 비롯된 것인 것 같다.

보라! 촛불시위가 과연 다수의 의견이며 다수의 이익이며 다수의 대변인가? 그러나 그 시초는 건전했고, 정당화되었고 그러하기에 정부에서도 최대의 노력을 기울여 최소의 피해로 최대의 효과를 보려고 하는 원동력을 준 것을 높이 평가할만하다. 그러나 그것을 이용한 한 단체나 집단의 이익을 위하여 계속적인 투쟁을 한다면 그것은 소소의 생떼라고 볼 수밖에 없다. 정부에서도 부동산 정책이 소수의 생떼에 좌지우지되고 있는 것 같다. 아파트 값과 토지 값이 지금 터무니없이 비싸다. 모든 거품이 빠져야 된다. 그러면 거품의 아픔은 있는 자들의 몫이다. 서민들은 평생 계획하여(저축) 아파트 한 채 가지고 살 수 있는 사회가 와야 된다. 투기의 목적이 아니라면 그 값이 올라가든 내려가던 아무 상관이 없는 것이다. 내가 살아야 되는 곳이기 때문이다. 소수의 의견을 존중하되 소수의 생떼에 굴복하는 사회가 되어서는 아니 되며, 소수의 생떼를 써서는 아니 되고, 남을 배려하는 사회질서와 공중도덕을 지켜 살기 좋은 나라를 만들어 갈 것을 기대해 본다.*

아침밥과 저녁밥

조옹석손이란 아침밥과 저녁밥이란 뜻이다. 인간이 살아가는
데 가장 기본적인 것이 의식주衣食住인데 지금 이 지구상에는 굶
어 죽는 사람이 1년에 수백만 명이 된다고 하며 우리 동포인 북한
국민들은 옹손을 걱정하고 있고, 어린아이들은 굶주려서 중국 국
경지역을 맴돌며 앵벌이 행위를 하고 있는데 지금 우리나라의 위
정자들이 하고 있는 정치 모습은 같은 동포로서 무엇을 위한 행
위들인지 모르겠다.

옹손이란 채근담 후집에 있는 '천자영국가 걸인호옹손 위분소
양야 이초사 하이초성' 천자는 나라를 다스리기 위하여 노심초사
하고, 걸인은 조석끼니를 얻기 위하여 소리를 외치는 것이 두 사
람의 신분은 하늘과 땅차이지만 임금이 노심초사하여 마음을 태

움과 거지가 먹기 위해 애쓰는 것과 무엇이 다를 것이 있겠는가 하는 듯이다. 그런데 임금이 노심초사하는 것은 백성들의 배고픔과 국가 발전을 위한 것이어야 되는데 정권유지와 퇴임 후의 걱정 때문에 자기 사람 심어 놓기에 혈안이 되어 있다. 대다수 국민들이 옹손을 걱정하는데도 헌법 재판소장 임명에만 혈안이 되어 있고, 미국에서는 이번 선거 패배로 즉시 국방장관을 경질하여 국민들의 소리를 반영하는데 비하여 지금 우리나라는 부동산 정책을 산산조각 나게 만들어 놓은 장본인들의 사퇴를 주저주저하는 모습을 볼 때 아집을 벗어나서 이 나라를 송두리째 어떻게 하려고 하고 있는 것이지 알 수가 없구나!

옛말에 윗돌 뽑아서 아랫돌 막고, 아랫돌 뽑아서 윗돌 막는 식으로 강남, 강북 편 가르기 하여 강남집값 잡으려다 서울 지역 주택가격 오르게 하고, 전국지역 평준화한다고 전국토를 무슨 단지 무슨 행정구역 설정하여 전국을 땅 투기지역으로 만들어 2~3만 원씩 하던 산자락 논 자락이 수십 만 원씩 오르게 하고 진짜 내 집 마련하여 한번 인간답게 살아보려고 한푼 두푼 저축하여 모은 통장이 어린새끼들 용돈에 지나지 않게 되었으니 이 어찌 가슴 치며 통곡하지 않을 수가 있겠는가? 그런데 지금 정치가들은 국민들의 걱정은 뒷전으로 하고 다음 정권잡기와 정권유치를 위하여 누구와 손잡고 어디와 합당하려고 하는 데만 혈안들이 되어있구나!

어느 일간지 보도에 의하면 우리나라 주택보급률은 105.9%로

72만의 가구가 남아돌고 있지만 국민의 41%넘는 1,700만 명이 셋방살이를 하고 있다는 것은 최고 다주택소유자 한사람이 1,083채를 소유하고 있고 100대 집 부자 평균이 155채를 소유하고 있다고 하는 것은 이 국가를 완전히 양극화로 만들어 놓았다고 볼 수밖에 없다. 비나이다. 비나이다. 대통령님께 비나이다. 이제 제발 모든 마음을 버리시고 지금 국민들(10%를 제외한)의 마음을 살피시어 내 집 마련 희망을 갖고 살아 갈 수 있는 용기를 주시기 바라옵고 원하옵니다. 대통령님 이제 1년여 남은 임기동안만이라도 제발 신세진 자들에게 신세 갚는 일 좀 그만하시고 각 분야 전문가들을 정부와 각 국영기업체에 임명하시어 옹손걱정 아니하게 하여 주시기를 바랍니다.*

사서社鼠를 조심하라.

사서社鼠의 본 뜻은 '집쥐'이고 사전적 뜻은 '관의 세력을 배경 삼아 천선하는 간사한 무리. 임금 옆에 붙어서 알랑거리는 간신'이라고 풀이하고 있다. 제자백가諸子百家의 외저설 우상에서는 송나라 때에 술장수 하는 사람이 있었는데 술장수는 고지식한 사람으로 술 되가 정확하고, 음식이 맛있고, 손님에게 친절하여 손님이 많았는데 개 한 마리를 키우면서부터 장사가 되지 않아 까닭을 알 수 없어 평소에 친한 양천이 장자長者에게 물어 보았다.

양천은 '자네 집 개가 혹시 사나운 개가 아닌가?'라고 물었다.

'개가 사나우면 술이 안 팔립니까?'

'사람들이 무서워하기 때문이야. 예를 들어 아이들에게 돈과 술병을 들려 술을 사러 보냈을 때 개가 달려 나와 물려고 한다면

누가 자네 집으로 술을 사러 보내겠는가?'

이와 같이 한 나라에도 역시 개가 있다. 실력이 있고 청렴한 선비가 임금을 만나 국가를 위한 말을 하려고 할 때 참모들이 사나운 개가 되어 달려 나와 물어뜯으려고 하면 임금의 총명이 가려지고 위협 당하게 되어 그 선비는 말할 수 없게 되어 참다운 민의의 소리를 임금은 듣지 못하는 것이다. 일찍이 제나라 환공이 관중管中에게 물었다.

'나라를 다스리는데 가장 방해가 되는 것은 무엇이오?'

'사서社鼠라는 것입니다.'

'어째서 그렇단 말이오.'

'임금께서 사당 집社을 짓는 것을 보신 적이 있을 것입니다. 먼저 재목을 다 세우고 나서 벽을 바르게 되는데 쥐 한 마리가 빈틈을 이리저리 쪼고 뚫고 들어가서 안에 쥐구멍을 내고 집을 짓게 되면 쥐를 잡으려고 불을 지를 수도 없고, 물을 부을 수도 없으므로 사서社鼠는 좀처럼 잡히지 않습니다.'

마찬가지로 임금의 좌우에 있는 사람은 밖으로는 권세를 휘둘러 백성들로부터 재물을 거둬들이고, 좋은 자리 차지하며, 조정에서는 서로 결탁하여 코드 맞는 사람들끼리 못된 짓을 덮어 주고, 임금은 붙들려 간 사람들도 얼마 안 지나 사면이라는 칼자루를 휘둘러 빼내주고 하다보니 집주인이 또한 집쥐를 키우고 보호해주는 지경이 되는 것이 아닌가?*

정신차립시다.

핵核이란 씨를 말하는 것이며 어떤 사물의 활동이나 중심이라고 사전적 의미에서 찾아 볼 수 있고, 원자原子란 화학적 물질을 점점 작게 나눌 때 어떠한 물리적, 화학적 방법에 의해서도 더 이상 나눌 수 없다고 생각되는 극히 미세한 입자인 오직 하나로 다시 나눌 수 없는 독립 자존하는 사물을 이루는 근본이라고 한다. 이것이 원자폭탄이 될 때 그 위력은 우리가 익히 서적이나 영상을 통해서 아는 것과 같이 상상을 초월하는 파괴력을 가지고 있어서 인명 살상은 물론 자연파괴를 가져온다는 것을 알아야 한다. 지금 우리는 핵전쟁 위험에 직면해 있다. 그러나 다수의 국민들은 핵에 대한 우려를 하지 못하고 핵에 대한 위력을 너무나 등한시하고 있는 것 같다.

한번 생각해보자. 만약 지금 북한이 실시한 핵 실험용 1mt급의 전략핵폭탄이 서울 중구 서울시청 상공 2,500m에서 오후 1시에 투하되었다면 열복사에 의해서 시청을 중심으로 반경 3Km 거리의 모든 것이 폭발과 동시에 태양열의 1,000배의 열을 1~2초간의 빛의 방출로 인해 불에 타는 것이 아니라 순식간에 ‘증발’해 버린다. 피해자들은 자신이 죽는지 핵폭발이 일어났는지도 느낄 수 없이 그냥 밝은 빛이 카메라 후레쉬 터지듯 반짝과 동시에 증발되어 버리고 그와 동시에 전자장펄스에 의해서 서울 및 기타 인근도시의 전자장애 및 자동차 심지어는 손목시계까지 모두 작동이 멈추게 된다. 그리고 약 7~9Km 떨어져 있는 곳까지 모두 가연성 때문에 엄청난 열로 인해 이 지역안의 사람들은 3도 화상을 입게 되고 노출부위가 25%가 넘는 사람들은 몇초뒤에 절명하게 되며, 그 후 1분 뒤 후폭풍이 다가올 때까지 나머지 시간들은 고통 속에 잠시 있다가 사망하게 된다. 핵폭탄 투하 중심 3Km의 불덩이가 생기면 엄청난 산소를 태우게 되는데 그 모자라는 산소를 주위에서 흡수해야 되기에 폭심지 주변의 산소를 빨아들이는 속도에 모든 건물들은 못 견디고 산산 조각이 나며 붕괴된다. 그리고 몇 초 뒤 시속 약 1,000Km의 속도로 산소를 팽창시키며 25초 뒤에는 시속 약 400Km속력의 후폭풍이 일어나며 1분 뒤에는 350Km의 속력으로 인해 약 7~8도 지진 정도의 파괴력으로 도시의 90%이상의 건물이 파괴 될 수 있다. 건물의 파괴로 인한 유리조각, 쇳조각 등이 파편이 되어 사람들을 살상하게 되고 엄청난 열로 아스팔트는 부글부글 끓게 되어 약 2~3분후에는 서울 인근도시는 처음 지역보다는 덜하지만 반경 약 30Km 내의 건물들을 파괴할 수 있다고 한다.

후폭풍으로 인한 차량, 건물, 시체 등이 공중 2~3Km 높이까지 올라가 날아가면서 떨어지기 때문에 선先낙진 피해에 노출된 사람들은 그중에서 6개월 안에 사망하게 된다. 그 후 작고 가벼운 먼지 크기의 재들은 더 높이 바람을 타고 올라가 서울 지역을 벗어나 우리나라 전체는 물론 일본지역까지도 가게 될 수 있다. 그로 인한 환경오염은 심각해지며 결과적으로 1차 열복사 및 2차 후폭풍에 의해서 서울의 80~90%의 건물이 파괴되고 인구 200만 명은 소리 한번 지르지 못하고 즉사한다. 약 200만 명은 잠시 고통 속에서 수분 만에 사망하고 그 후 6개월 후에는 300만 명이 사망할 것이며 교통마비, 수돗물 중단, 전기 중단, 의료기관 및 의료요원부족 속에서 사망자는 더 늘어날 수 있다. 또한 우리 이천을 비롯한 수도권 인근 지역 수원, 의정부, 인천 등은 낙진 피해로 서울 못지않은 피해를 볼 것으로 가정해 볼 때 1,000만에서 1,400만 명의 인명 피해를 가져올 수 있다는 것을 생각해 볼 수 있고, 이것이 1mt급일 때 인데 10mt이라면 그 위력은 상상을 초월한다는 것을 알아야 된다. 그렇기 때문에 반드시 북한의 핵 보유를 막아야만 되는 것이다. 일부 사람들은 그 핵이 우리 대한민국을 겨냥한 것이 아니라 미국이나 일본을 겨냥한 것이라고 생각하는 사람들이 있는 것 같은데 정말 위험천만한 꿈을 꾸고 있다고 볼 수 있다.

우리는 김정일이라는 북한 통치자를 너무나 잘 알고 있지 않습니까? 그들의 만행을 뼈저리게 당해왔고, 당하고 있고, 당해야 하는 우리 국민들은 이제는 더 이상 포용정책과 햇볕정책이라는 무슨 대학생 논문 쓰듯 풀이하고 말하는 위정자들의 작태를 더 이상 간과해서는 안 될 것이며 정부에서는 핵에 대한 상식과 핵에 대한 방어능력을 키울 수 있는 대책과 조치를 강구하여 국민들로 하여금 핵에 대한 인식의 필요성을 강구해야 된다고 본다. 이것은 국민들을 전쟁의 공포심으로 몰아 넣으려하는 것도 아니며 국민들의 불안 심리를 이용하려하는 것은 더더욱 아니다. 오직 우리 국민들의 현명한 판단과 이해로 하나된 목소리로 이 난국을 극복해야 될 것이며 아직도 정신 못 차리고 누구 탓만 할 것이 아니라 우리 자신의 문제이며 북한 공산주의자들은 우리를 없애려고 한 조직이며 아직도 남한 적화통일의 야욕을 버리지 못하고 있음을 천하 만민이 알고 있음을 이 국가의 위정자들은 똑똑히 알아야 될 것이다. 금강산관광이 중요한 것이 아니라 핵폭탄은 정말 무서운 것이기에 반드시 핵투하에 대한 사전 준비를 하여 만약의 사태에 대비해야만 되겠다.*

효孝와 추석

요즘 추석 때는 연휴가 계속되어 어떻게 하면 편안한 휴가를 보낼까하는 요령으로 제사도 콘도에서 지내고 상차림도 음식 전문점에 주문하여 송편과 과일, 전 등 남의 손에 의존하여 추석 차례를 지내는 것이 다반사가 되어 버렸다. 언제부터인가 우리의 옛 풍습은 사라져가고 집안 준례가 없어져가고 있는 것에 아쉬움이 많다. 우리의 추석은 정말 먹거리가 풍성하여 '더도 말고 덜도 말고 추석만 같아라.'라는 말이 생기기도 했다. 이웃간의 정과 집안간의 정이 넘치고, 사랑이 넘치고, 집안의 질서와 가훈을 지키는 계기가 되기도 했다. 한 가정에 있어서 어른과 어린아이가 분별이 없다면 그 집안의 질서는 무너지는 것이 되고, 윗사람은 아랫사람을 사랑의 이끌고 아랫사람은 윗사람을 공경하며 윗사람의 말에 순응함으로써 그 집안의 질서가 바로 잡혀야 발전과 번영을 기대할 수 있는 것이다.

친족사이의 화목이란 주로 부녀자들이 하기에 달려 있는 것인데 부녀자들이 법도를 지키고 부덕婦德을 발휘한다면 친족사이에 화목을 가져올 수 있을 것이다. 만약에 부녀자들이 법도를 지키지 않고 부덕이 없다면 화목이 깨지게 되기에 규문閨門, 유례有禮, 삼족화三族和란 말이 나오게 된 것이다. 규문이란 부녀자들이 거처하는 안방을 뜻하는데 부녀자들의 위치가 예전에 무척 중요했던 것을 알 수 있다. 지금은 남녀평등이란 구호아래 오히려 부녀자들의 위치에 대한 중요성과 덕망이 손상되고 있음에 필자는 아쉬움을 느끼고 있다. 또한 추석 성묘도 점점 사라져가고 있다. 우리나라는 부모에 대한 효孝에 근거하여 부모님이 돌아가시면 3년 탈상 때까지 상청을 차려놓고 조석으로 산 사람처럼 밥을 차려 올렸으며 그동안은 흰 옷만 입고 술과 고기를 먹어도 안 되었으며, 아이를 만들어도 안 되었다. 집에 불이 나면 불에 갇힌 사람보다 신주를 먼저 꺼내는 것이 법도이기에 그때 불에 타죽은 효자, 열녀가 얼마나 많았던가? 옛날의 효자들은 탈상 때까지 3년 동안 무덤 옆에 임시가옥을 지어놓고 그곳에서 사자와 더불어 사는 여묘廬墓 살이를 했던 것이다.

이와 같이 우리의 추석맞이는 조상에 대한 예와 집안간의 화목을 중요시하기 위한 명절이었다. 지금은 더구나 현실주의에만 젖어있어 성묘를 하는 데도 남에게 품삯을 주고 묘에 잔디를 깎는 진풍경이 이루어지고 있다. 인간은 행복은 큰 것에만 있는 것이 아니다. 천만금을 가진 사람은 천만가지 걱정이 있고 적게 가진 사람은 근심과 걱정도 적게 갖고 있다는 평범한 진리를 알면서도 인간의 욕심 때문에 재화에만 온갖 정신을 쏟고 있는 것이 현실이다. 지금 우리 사회는 부모와 자식, 스승과 제자 모든 것이 자신 위주의 개인주의화 되어 가고 있다. 진정한 친구를 찾아보기 힘들고 스승다운 스승, 제자다운 제자, 부모다운 부모, 자식다운 자식, 부부다운 부부, 정치가다운 정치가… 다운 것을 찾아보기 힘든 사회가 되어가고 있는 것이 너무나 슬프다 못해 안타깝다.

이번 추석 때는 할머니 내외분, 어머니 내외분, 며느리, 자식, 손자, 손녀 한자리에 모여 앉아 윷놀이를 하며 한바탕 웃음을 웃어 봅시다. 부녀자들이여! 오늘(추석) 하루만이라도 손 걷어붙이고 송편 빚고 부침개 부치면서 고부간에 형제간에 다소곳이 이야기꽃 피우며 정다운 정 나누어봅시다. 그리하여 불신사회 풍조을 없애어서 위에서는 대통령을 비롯한 모든 국민들이 한 마음 한 뜻으로 좌파니, 우파니, 개혁이니를 떠나 이제 제발 우리 본연의 이성을 찾고 우리 고유의 문화 전통을 이루어 세계 제일의 국가가 되기를 간절히 기대해 본다.

'적거나 작은 것을 가지고도 고마워하고, 만족할 줄 안다면, 그는 행복한 사람이다. 현대인들의 불행은 모자람에서가 아니라 오히려 넘침에 있음을 알아야 한다.'(법정스님의 『당신

은 행복한가』에서)*

바보들의 행진

우리 속담에 '오지랖이 넓다'라는 말이 있다. 무슨 일에든지 참견하고 싶어 하는 사람을 일컬어서 하는 말인데 지금 우리나라 모든 지휘고하를 막론하고 직업인들까지도 모든 것에 '내가 아니면 안 된다'는 식의 참여 의식이 너무나 투철하여 국가 안위와 사회혼란까지 야기하고 있는 실정이다.

간디는 일찍이 이와 같이 말했다. '이 세상은 우리들의 *必要*를 위해서는 풍요롭지만 탐욕을 위해서는 늘 궁핍한 곳이다.'라고

이 사회는 개인이 필요로 하는 것은 많이 있다. 그러나 자신이 갖고 싶어 하는 모든 것은 항시 모자라고 더 갖고 싶어 하는 것이 우리 인간들의 습성이다. 그리고 '행복은 이웃과의 비교에 달려 있다.'라고 누군가 말했듯이 나와 같은 서민들도 항시 나보다 모

든 조건이 좋은 이웃과 비교하게 되면 나만이 불행한 것 같고 나만이 못나고 못사는 것 같은 느낌을 갖게 되지만, 나보다 못한 이웃과 비교하면 현재의 '나'가 행복하게 느낄 수 있는 것이다.

노자의 도덕경에 신언불미信言不美, 미언불신美言不信이란 글이 있다. '믿음이 있는 말은 아름답지 못하고 아름답고 달콤한 말은 믿음이 없다.'라는 뜻이 자꾸 생각나는 계절이 온다.*

'있을 때 잘해'

　요즘 유행가 노래 속에 '있을 때 잘해'라는 가사가 있다. 우리 인간들은 곧잘 나에게 이만큼만 있으면, 내게 요만큼의 권력만 주어진다면 하고 현재 자신의 위치보다 한 계단 위쪽을 희망하고 있고, 그 목표와 희망을 위하여 열심히 일하고 노력하고 있는 것이다. 그러나 막상 그 만큼의 부를 축적하고 권력이 주어지면 또다시 더더 하면서 일평생을 그저 그렇게 보내버리고 마는 경우가 대다수인 것이 우리네들의 인생사가 아닌가 싶다. 그리고 선거철만 되면 주민들에게 자기 외에는 누구도 자신만큼 주민을 위하여 잘하지 못한다고 큰소리치고, 갖은 감언이설로 주민들을 유혹시키는 발언을 서슴없이 늘어놓는지 모르겠다. 그런데 보라! 그들이 당선되고 나서 얼마만큼 유권자를 위하여 일하고 있고 헌신적인 자세로 임하고 있는 가를. 그리고 선거 때의 십분의 일만이라도 그때만큼만 주민들의 말에 귀를 기울여 준다면 그는 정말 잘하는 지도자일 것이다. 또한 각 개인들도 마찬가지며 이 글을 쓰고 있는 나 자신도 이런 부류의 한 일원에 속하고 있다고 본다.

내가 오천만원만 있으면 남을 돕겠다고 하다가 오천만원이 있으면 일억 원만 있으면 소망하다가 인생의 종점에 다다라서는 허무하게 생을 마치는 자가 있는가 하면 또다시 내리막길을 가는 자들도 있다. 남을 돕고 헌신적으로 남을 위하여 일한다는 것은 내일로 미루어서는 안 된다. 바로 지금이 문제이다. 지금 이 순간 내가 떨쳐 일어나야 한다. 지금 있을 때 잘해야만 된다. 가정의 부부간에도 지금 있을 때 잘해야 되고 시의원, 도의원, 시장, 도지사, 직장의 각 부서장에 있으면 그때 잘해야 된다. 그리고 지금 직장과 일터에 있으면 그 직채 그 자리에서 열심히 그 본분의 맡은 바에 충실히 할 때, 이사회는 한층 살기 좋고 부드러운 세상이 될 것이다. 나만을 생각하고 내 것만을 고집할 때 사회는 삭막해지는 것이다.

내가 조금 양보하고 내가 조금 밑진다는 생각을 갖고 모든 사회생활에 임할 때 도덕적으로 윤택한 사회가 될 것이다. 지금 각종 신문지상이나 매스컴을 보라 시청율과 광고효과에만 혈안들이 되어 흥미위주와 쾌락과 보신위주의 선전 선동 등으로 이목을 집중시키고 있으니 청소년들의 도덕적 가치관은 땅에 떨어진지 오래고, 기성인들마저도 미성년자 성폭행 범을 지상에 공개시키고 있는 지경에까지 이르고 있는 설정이 아닌가? 이것은 누구 개인의 책임으로 돌리기에 이제는 늦었다. 이제는 우리가 생각을 바꾸어야 할 때이다. 남을 돕는다는 것은 많은 것을 가졌을 때 많이 해야 한다고 하면 잘못된 생각이다. 지금 있을 때 10원짜리라도 남을 도우면 된다. 내가 얼마 전에 어느 부흥사가 1000원짜리 헌금이 헌금이냐고 했을 때 나는 정말 '미친놈'이라고 했다. 1000원짜리가 왜 돈이 아닌가? 1원이라도 진정으로 남을 위하여 도움을 줄 때 나에게 1원 만큼의 기쁨이 올 수 있지 않은가? 우리나라 국민 4천만이 1원씩이면 4천만원이고 10원씩이면 4억원이라는 돈이 된다. 그리고 생각을 바꾸면 팔자가 바뀐다는 옛말과 같이 이제 우리 다 같이 생각을 바꾸고 '있을 때 잘하자.' 그리고 '잘'이라는 어휘를 국어사전에서 찾아보면 좋게, 훌륭하게, 편하게, 탈 없이 옳고 바르게, 아름답고 예쁘게 등으로 풀이하고 있은 것을 볼 때 '잘'하면 모든 것이 해결될 수 있는 것이기에 오늘도 '있을 때 잘해보자.' 다짐한다.*

자유自由와 욕망欲望

自由란 '남에게 구속을 받지 않고 자기마음대로 하는 것. 즉, 마음 내키기는 대로 자기 뜻대로 하는 것'이라고 한 반면에 법률적 자유는 법률의 범위 안에서 마음대로 하는 행위이며, 자유에는 의무가 따라야 함을 기술하고 있다. 인간이 이 세상에 태어나서 공동체 생활을 하기까지 수천 년의 세월동안에 自由를 위하여 얼마나 많은 목숨이 희생되었으며, 세월이 흘러 왔건만 아직까지도 사람들은 自由를 부르짖고 자유를 위하여 투쟁하고 있는 것이 현실이다. 그러나 안정된 사회와 행복한 삶을 영위하기 위해서는 작은 자유는 희생되어야 되고, 다수를 위한 것이라면 소수의 자유는 존중되어야 하지만 또 희생될 수도 있어야 한다. 예를 들어 전기 공급과 수해와 가뭄을 방지하기 위하여 댐을 만들어야 되는데 그 지역에 조상대대로 살아온 주민들과 아름다운 경관과 일부 생태계의 파괴 때문에 더 큰 이익과 발전과 편리함과 희생을 줄일 수 있고 얻는 것이라면 최소의 희생과 타협으로 사업을 추진해야만 된다고 본다.

욕망慾望에 대해서 사전에서는 '하고자하는 마음. 부족한 것을 채우고자하는 마음'이라고 했다. 자유라는 것을 마음대로 하는 행동에 대한 것에 비해서 욕망은 욕심과 같이 마음에서의 뜻이라고 할 수 있을 것이다. 그래서 욕망과 자유 때문에 이 사회는 혼란과 다툼이 있는 것이며 현재 우리나라가 쇠고기 문제, 근로자 문제, 환경문제 등 때문에 거리에서 촛불집회를 비롯한 각종 분규와 데모집회가 자신의 욕망과 다르면 소리 지르고 거리로 뛰쳐나와 붉은 머리띠를 두르고 야단법석인 것이다. 한번 냉정히 판단해보자. 화물차 연대 파업에 대해서 언제는 화물차면허를 너무 규제한다고 궐기하여 면허 포화상태가 되니, 이용자가 적은 비용으로 운송할 수 있게 되어 자기들끼리 경쟁하다보니 문제가 되는 것이고 현재 개인택시도 포화상태이기에 수입이 적게 되고, 그러면 또 파업하고 사회질서를 마비시키며 공권력과 싸우면 정부에서 이렇게 저렇게 돈으로 해결한다고 하니, 그 돈은 하늘에서 떨어진 것이며 정치지도자, 국회의원님들이 낸 것도 아닌 바로 우리 국민들의 세금이라는 것을 왜 모르는가?

각 직종 각양각색의 사람들 모두가 자신의 욕망을 채우기 위해서 아우성치면 어떻게 되겠는가? 노점상, 재래시장상인, 장애인,

택시조합, 근로자, 비정규직, 각종 기업체 노조, 선생님(전교조), 공무원노조, 이미용 협회, 6·25참전용사, 월남참전과 고엽제 협회, 군경원호 유가족, 철도노조, 광고협회, 연예인협회, 변호사협회, 운송업자 협회 등 그 숫자는 이루 헤아리기 어려울 정도로 각 단체와 개인의 욕망은 한도 끝도 없는 것이다. 광우병 걸린 소고기를 먹으려고 하는 사람은 정신병자가 아닌 바에야 없을 것이다. 우리가 생명을 가지고 살아가는 데는 항시 생명에 대한 위험 요소가 따라다니게 되어 있다. 편리함을 위한 자동차사고, 건강을 위한 의료사고 및 약물사고, 천재지변의 폭풍과 지진과 낙뢰 등 자연적인 것도 있을 수 있고, 타의적인 강도, 도적, 깡패 등에 의한 사고도 있을 수 있는 것이고, 그 모든 것을 방지하고 없애려고 한다면 우리는 한발작도 움직이기 어렵고, 무엇 한 가지 제대로 먹고 마실 수도 없으며, 의료 혜택도 받기 이려울 깃이며, 반면에 규제와 법규와 제도가 뒤따라야 되는 것은 말할 필요도 없을 것이다. 그런데 너무 과하게 법규를 어기고 사회질서를 어지럽히면서 반대집회를 하게 되면 이 사회는 혼란, 혼돈의 상태가 되기 때문에 우리나라 같은 나라는 지하자원도 없고 하다보니, 수출과 외국인 투자를 끌어 들여야 되는데 문제가 있는 것이다. 그리고 현 세계경제는 쇄국주의로는 안된다. 개방되어야만 된다. 하나를 주고 둘, 셋을 받아올 수 있는 정책과 지도력이 필요한 것이며 그러기 위해서는 진정한 자유는 욕망으로부터 자유를 누리려고 해야만 되지 결코 욕망의 자유를 찾으려면 안되겠다.*

역지사지易地思之

易地思之란 '처지를 바꾸어 생각함.'이라고 사전적 의미에서 밝히고 있다. 자본주의 사회는 경쟁의 사회인 것이다. 승리자가 있으면 패배자가 있고, 돈을 번 자가 있으면 돈을 잃은 자도 있게 되고, 잘난 사람이 있으면 못난 사람도 있는 것과 같이 우주의 음양의 원리가 있는 것이 자연의 법칙인 것이다. 그런데 공산주의자들과 사회주의자들은 변증법적 3대 이론중 하나인 부정의 법칙에서 한 알의 밀알이 썩어서 싹이 트면 수십 수백 배의 밀알이 생성되는 것과 같이 사회도 부정을 하면 할수록 발전된다는 혁명적 논리로 귀결시키어 사회의 혁명革命을 유도하고 있는 것이다. 한 알의 밀알이 발아發芽되어 싹이 나고, 열매를 맺는 것은 자연 현상인 것이다. 이것을 인위적으로 하는 사회 형상에 결부시킨 자체가 모순인 것이다. 가장 이상적인 사회는 '도덕적 사회'로 만드는 것이 이상적 사회라고 본다. 지금의 우리 사회는 혹자들은 민주주의로 가고 있는 발전과정의 단계라고 하는데 지금은 사회현상의 모든 것을 양극화로 몰아 붙여 우리 나라가 1945년 해방정국의 이념 논쟁 때와 같이 소수의 사람들이 혁명투사 행세를 하고 있어 혈기 넘치는 젊은이들을 유혹하고 있는 현상이 참담할 따름이다.

그리고 정치적 권력과 집권을 위하여 선전선동의 전략과 전술이 공산주의자들과 같이 폭력과 폭동을 유발시키고 있는 현상은 혼란과 혼돈의 사회로 만들어가고 있어 국민들의 경제를 위축시키고 각종 범죄가 극악해지고 모든 문제를 대화와 타협이 아닌 집회와 고성으로 하다보니 사회가 불안해지고 있는 것이다. 진정한 민주주의는 소수의 의견을 경청하고 존중하되 소수에 의한 선전 선동에 의한 것이 아니라 다수의 원칙에 입각한 것이라는 것을 알아야 된다.

자연환경운동가들과 각종 시민단체의 목소리를 정부에서는 경청하여 대화하고 타협하되 불법적인 행동과 다수 국민들의 이익과 편익을 무시하고 과격한 행동을 하여 수조원의 국민들의 혈세를 낭비하는 행동은 진정한 민주주의 행동이라고 볼 수 없다. 그리고 정부에서 이러한 단체들에게 수억 원을 지원하고 있다니 정말 국민의 한 사람으로서 도저히 이해가 되지 않는다. 또한 易地思之를 지도자나 피지배자(국민)들은 항시 생각하고 '나'만 이라는 개인주의가 아니라 '너와 우리'라는 공동체적 인식을 가지고 생활해야만 되겠다. 분열은 파멸을 의미한다. 가정이 분열되면 가정이 망하고, 지역이 분열되면 지역이 망하고, 나라가 분열되면 나라가 망한다는 평범한 진리를 알아야 된다. 조국을 위해 순국한 애국자들을 매도하면 누가 이 국가를 위하여 목숨을 바칠 것인가? 국가를 위하여 희생한 애국선열들과 그 자손들과 배우자들은 우대하고 존경하고 생활대책을 국가가 해결하여 줄 때 국가의 위급 시에 목숨을 바칠 수 있는 것이다.

다시는 이 땅에 민족상쟁으로 수 백만 명이 희생당하는 비극이 없게 하기 위해서는 튼튼한 안보와 경제 위에서만 가능하다는 진리를 깨달아야만 되겠다. 국가가 없는 개인은 생각할 수 없는 것이다. 무한한 자유는 방종과 폭동을 일으킬 수 있고, 권력의 남용으로 인한 오만과 고집은 갖은 고난과 역경을 딛고 일서선 경제성장을 뒷걸음치게 하고 있다는 것을 깨달아야만 된다. 모든 국민과 지도자들은 易地思之의 생각을 하여 배려와 양보하는 마음을 갖고 모두 임할 때 우리나라를 반석위에 서게 할 수 있을 것이다.*

사랑은 아무나 하나

　'사랑은 아무나 하나'란 노랫말의 대중가요가 새삼스럽다. 진정한 사랑은 국경을 초월하고 빈부와 권력과 학력과 모든 것을 따지지 않는다. 사랑(애국심)은 남녀 간 사랑도 있을 수 있고 하느님이 인간에게 너그럽게 베푸는 마음과 은혜일 수도 있다. 사랑은 '내리 사랑'이라고, 내리사랑은 있어도 치사랑은 없다는 뜻을 내포하고 있는데 위에 있을 때 아래에 있는 사람을 사랑하라는 말과 같이 사랑에는 愛와 慈가 있어야 한다. 그런데 사랑은 아무나 하는 게 아닌가보다. 진정으로 사랑할 수 있는 마음이 있어야만 되고 사랑할 수 있는 준비(智와 德)가 있을 때 사랑을 할 수 있는 자격이 주어지는가보다.

　국민들을 진정으로 사랑하고, 사랑할 수 있는 자격(지도자의 당선)을 국민들이 줬는데 사랑하는 방법과 사랑하는 지혜가 부족해서 사랑을 받으려는 국민들에게 사랑이 아닌 불안과 허탈과 실망만을 안겨 주는 사랑은 사랑이라고 할 수 없다. 그래서 국민들은 사랑은 아무나 하는 게 아니라는 점을 깨닫고 사랑하는 방법을 일깨워주고 있다. 북한과의 관계만 보더라도 다수의 국민들은 북한 권력자들을 깨우쳐주고 뉘우치게 하고 느낄 수 있도록 사랑의 채찍을 가해야 한다고 하는데, 소수의 위정자들은 무조건적인 퍼주기 식으로 쥐구멍에 햇볕 들기만 기다리고 있다. 쥐구멍에 햇볕이 들게 하기 위해선 쥐구멍을 햇볕이 들게끔 파헤치든지 측면적인 거울(미국, 일본, 중국, 러시아)을 이용 반사 빛을 쪼이게 하든지 쥐새끼를 강제적으로라도 밖으로 나오도록 해야 하는 게 아닌가? 소위 햇볕정책이라고 꽁꽁 언 얼음을 녹이듯 햇볕을 쪼여야 된다는 논리인 것 같은데 동지섣달 엄동설한에 '언 발에 오줌 누기'란 우리 속담과 같이 오히려 뜨거웠다 차가워지면 동상 걸리기 안성맞춤으로 지금 북한 집단은 모두 동상이 걸려 발가락을 잘라 내지 않으면 안 될 지경에 놓여 있다. 지금이라도 동상 걸린 발가락(북한의 소수 위정자)을 잘라 내지 않으면 모든 몸통(북한동포)이 동상으로 인해 죽음에 이를 수도 있다. 보라! 지금 북한 공산주의자들은 전 세계 자유민주주의 평화 애호 국가들이 반대하고 있는 미사일 발사실험을 악을 쓰고 감행하려고 하고 있지 않은가? 이것은 완전히 동상(자멸의 길)이 걸려 있는 처지에 놓여 있다고 볼 수밖에 없다. 여기에 우리의 햇볕정책 책임도 있다고 본다. 언 발에 오줌을 찔끔찔끔 누어 보니 오히려 더 악화되기 때문이다.*

오만傲慢과 임심이박臨深履薄

성경말씀 시편 첫머리에 '복 있는 사람은 오만傲慢한 자리에 앉지 아니한다.'고 했다. 오만함이란 태도를 거만하게 행동하는 것을 뜻하는 것인데 사람들은 부富와 권력權力을 가지면 오만함에 빠지기 쉽기 때문에 이를 잘 다스리기 위해서는 자기 자신과의 싸움에서 이겨야만 한다. 그러기 위해서는 심신을 수양하여야만 많은 사람들로부터 존경과 신뢰를 받을 수 있는 것이다. 임심이박臨深履薄이란 깊은 연못가에 서고 살얼음판을 밟듯이 매우 조심스러움이라는 뜻이다. 지금 우리나라 정치인들의 하는 꼴을 보면 국민들로부터 진정한 신뢰를 받고 있는 관료들이 있기나 한지 눈을 씻고 찾아보기 힘든 정도이다. 선거 때만 되면 '자신이 가장 청렴결백하고, 국민들의 진정한 심부름꾼이 되어 봉사하겠다.'고

목구멍에 피를 토할 정도로 열변을 토하여 국민들을 유혹하여 당선만 되면 모가지에 힘은 콘크리트를 친 것처럼 뻣뻣하고 입에서 나오는 말은 독사의 혀보다 더한 독설을 퍼붓고 있으며 뒷구멍으로 운동이란 핑계로 골프를 치며 검은 손들과 뒷거래 수작들이나 부리는 꼴이 해도 해도 너무들 하니 시경詩經 소아小雅편에 있는 소민小旻의 시를 음미 했으면 한다. 소민은 높은 하늘이란 시인데 나라를 잘못 다스려 혼란에 빠진 것을 풍자한 노래이다. 높은 저 하늘이 노여움을 이 땅위에 펴시었네. 일의 꾀함이 간사하니 언제나 천벌이 그칠건가? 좋은 꾀엔 좋지 않고 못된 꾀만 가려서 쓰니 내가 그 꾀를 보건데 마음만 병이 드네, 민천질위旻天疾威 부우하토敷于下土하야 모유회휼謀猶回譎하고 하일사저何日斯沮리오. 모장부종謀臧不從하고 부장복용不臧覆用 하나니, 아시모유我視謀猶한다. 역공지공亦孔之邛이로다.……중략. 맨손으로 호랑이를 못 잡고, 걸어서 강을 못 건넘을 사람들은 그것쯤은 알고 있지만 다른 것은 알시 못하네. 두려워하고 조심하기를 깊은 못에 임하 듯하며 엷은 얼음판 밟고 가듯해야 하는 것이네. 불감포호不敢暴虎와 불감빙하不敢憑河를 인지기일人知其一이로 막지기타莫知其他로다. 전전긍긍戰戰兢兢하야 여림심연如臨深淵하며 여리박빙如履薄氷이라고 했듯이 위정자들이 옳은 일을 알면서도 생각이 필자라고, 권력과 돈과 여자 희롱에만 정신이 팔리고 있으니, 국민들의 배고픔과 괴로움을 알 수가 없으며 뼈없고 힘없는 민초들은 그저 마음의 병이 들 수밖에 없는 것이며 위정자들은 노력은 하지 않고 무엇 때문에 못하고, 무엇이 가로막아 못하고 있다는 핑계만 일삼고 있을 뿐이다.

역사에 길이 빛난 이순신장군 같은 분은 민초들과 고충을 항시 같이하면서 민초들의 어려움을 살피는 일에 모든 정성을 기울였기 때문에 자자손손 그 이름이 역사에 길이 남기고 있다는 것을 알아야 된다. 골프치지 말라는 것이 아니다. 술을 마시지 말라는 것이 아니다. 때와 장소를 가리고 운동과 술 마시는 것을 핑계 삼아 다른 짓(나쁜짓)을 하지 말아야 된다는 것이다. 오만함이 극치에 달하고 있는 것 같다. 이제 지방의원을 비롯한 지방자치단체장들은 나쁜 것을 나쁜 것으로 알고 행하지 않고, 좋고 올바른 것을 좋은 것으로 알고 실천에 옮길 수 있는 지도자가 되기 바란다. 거만함과 오만함은 순진함만 못한 것을 알면서도 실천에 옳기지 못할 때 지도자로서의 직무를 유기한다는 것을 깨달아야 한다.*

약팽소선若烹小鮮

　우리나라 대학교수 신문에서 새해를 소망하는 사자성어로서 '큰 나라를 다스리는 일은 작은 생선을 굽는 것과 같다.'는 뜻의 약팽소선若烹小鮮을 선정했는데 이 내용은 필자가 지난해 5월 21일(제5332호)에 '수단手段이 목적目的이 될 수 없다.'는 칼럼에서 이야기 했듯이 지금 정부의 지도자들은 과거사 문제와 사학법 개정, 국가보안법철폐 등 모든 정치를 국민들의 고충이 무엇이며 무엇을 원하고 있는지를 깨닫지 못하고 양극화로 부추기어 사상 논쟁에만 혈안이 되어 있는 것을 이야기 한 것이며 그들(코드인사)은 소위 민주화 혁명 투쟁연사들이란 이름으로 과거에 굶주리고 핍박받던 때를 상기시키며 굶주린 사자 떼들과 같이 이 나라를 송두리째 뒤흔들고 있다. 이 강토를 온통 행정수도 건설, 지방 특성화 육성도시라는 이름으로 땅값을 수십, 수백 배로 올려놓아 어느 신문에서는 우리나라 땅을 팔면 캐나다 땅을 사고도 남을 수 있다고 한다. 그리고 지난주 내각개편 때에는 우리나라 태극기에 대한 경례를 하지 말자던 국회의원을 장관에 기용하고 있는 현실은 정말 이 나라를 누구에게 바치려고 하는지 이해가 가지 않는다.

사학법 개정만 하더라도 현재의 사학법으로도 얼마든지 비리와 연관된 것을 바로 잡을 수 있는데도 굳이 법을 개정하여 개방형 이사제로 이사회의 4분의 1이상은(학교운영위원회의 추천을 받아 선임토록한 내용) 사실상 임명이라 할 수 있는 것이다. 하기야 부정부패 비리를 척결한다는 데는 누구도 이의를 제기하지 못한다. 그러나 그 내용 속에 소위 전교조라는 좌경주의 과격인사들이 선점할 수 있기 때문이다. 그러면 전교조가 어떤 조직인가를 살펴보면 그들의 투쟁가 내용에 '세상을 바꾸자…. 노동의 힘으로 건설할 새 세상…. 붉어진 분노…. 투쟁…. 너희는 조금씩 갉아 먹지만 우리는 한꺼번에 되찾으리라…. 망치되어 죽창 되어 적들의 총칼 가로막아도 우리는 기필코 가리라 해방의 깃발 들고…. 밟혀도 다시 일어서라 솟구쳐 일어서라 우리들의 분노가 멈출 때까지, 투쟁이 승리하는 날까지…. 빼앗긴 우리 피땀을 투쟁으로 되찾으세…. 강철 같은 해방의지, 철의 노동자…. 마침 올 해방세상…. 굴종의 삶을 떨쳐 반역의 어둠 사르고…. 민중의 해방위해 너와 나 한 목숨 바쳐….' 등 나는 이 투쟁가를 컴퓨터에서 '전교조투쟁가'라는 제목으로 뽑아보고 정말 가슴이 섬뜩했다. 이것이 과연 우리나라 百年大計백년대계를 짊어질 학생들을 교육시키는 선생님들의 노래라니 도저히 이해가 가지 않았다. 그러나 현실이다. 이것은 이른바 공산주의 '프롤레타리아 혁명'을 하자는 것이다. 이런 사상을 가진 선생님들에게 학교 운영까지 맡기게 될 수 있다는 것을 생각할 때 진정으로 이 국가의 앞날을 걱정하는 마음이 있는 사람이라면 옳고 그름을 자명自明하게 판단할 수 있으리라 믿는다.

　나의 땅값과 집값이 올랐다고 좋아할 것은 하나도 없다. 내가 곧 너이고, 우리이기 때문이다. 그리고 '복수는 파괴이지 창조가 아니다.'라는 말과 같이 과거에 얽매여 파헤쳐 갈등을 만들지 말고 역사학자들에게 맡겨 반성하고, 회개하여 또다시 범죄나 과오를 범하지 않게 하고 그 내용을 상세히 기록하여 후손들이 교훈으로 삼게 하는 것이 타당하리라 본다. 이제는 제발 약팽소선若烹小鮮과 같이 생선을 이리저리 휘저어 비늘과 창자와 가시가 뒤범벅이 되어 먹을 수 없게 하지 말고 무위자연無爲自然의 道로서 저절로 국태민안國泰民安하게 해 주기를 다수의 국민들은 바라고 있는 것이다.*

불광불급不狂不及

　‘미치다’의 해석은 두 가지로 볼 수 있다. 한 가지는 정신이상이 생겨 하는 것이 보통사람과 다른 것을 뜻하고, 또 다른 뜻은 한정한 곳에 이르는 것을 말하는 것으로 구분할 수 있다.

　작가 정민 교수의 ‘미쳐야 미친다.’는 책은 인간이 어느 목적이나 사물에 대해 연구, 관찰을 할 때 미쳐야만 미칠 수 있다는 내용인 것이다. 지금 우리 사회는 온통 미친 자들만이 이 사회를 구성하고 이끌어가고 있는 것 같다. 그런데 ‘미치다’의 목적이 ‘광狂’이 ‘급及’으로 되어야 되는데 ‘及’이 ‘狂’이 되기 때문에 문제인 것이다. 책의 내용과 같이 과학자, 예술가, 문학가, 사업가 등 모든 분야에서 미친 자들만이 이 세상에서 이름을 남겼고 성공을 거둔 것을 엿볼 수 있는데 역사적으로 볼 때 미친 사람들(狂) 때문에 한 국가의 운명이 좌지우지 된 것을 근대사에서도 볼 수 있다. 예를 들어 독일의 히틀러, 소련의 레닌과 스탈린, 일본의 군국주의, 북한의 김일성 사상과 같이 미친 사상자들의 행동으로 인하여 한 국가나 국민들의 운명과 인류를 공포와 살생의 도가니로 몰아넣었고, 넣고 있음을 볼 수 있다. 반면에 자유와 평화를 위하여 미친 사람들이 인류의 자유와 평화를 찾아준(及) 위인들도 수없이 많음을 알 수 있다. 이와 같이 외골수의 사상이나 집념(狂)으로 인하여 국민들에게 미치는(及) 영향은 무척이나 큰 것이다.

지금 우리나라의 사회상을 한번 살펴볼 때 자신이 한일은 모두가 잘한 것이라고 생각하고, 다른 쪽이 한 것은 전부 잘못한 것이라며 흑과 백의 논리로 양극화되어 가고 있는 것이다. 한 국가의 이익을 위해서는 전략과 전술이 필요한 것이다. 전략과 전술 속에는 잠시의 눈속임도 있을 수 있고 도덕과 윤리의 틀을 벗어날 때도 있을 수 있는 것이다. 그렇다고 이익을 위해서는 수단과 방법을 가리지 않고 도덕과 윤리의 틀을 벗어나 거짓을 정당화해야 한다는 것은 아니다. '참'이 있어야 되는데 개인의 영웅 심리와 한탕주의로 자신과 조직의 당리를 위해서 국가의 위신과 이익을 저해하는 행동은 용납될 수 없다고 본다.

'狂'하여 '及'할 수 있게 우리 백성들이 엘리위젤(Elie wiesel)의 '중립은 압제자를 도울 뿐 피해자를 돕지 않는다.'는 말과 같이 우리 국민이 국가와 민족의 영원한 발전을 위하여 미치지 않으면 미치지 못한다는 각오로 지도자들에게 경각심을 심어 진정 국민

을 위하는 생각이 아니면 국민의 심판을 받게 해야만 되겠고 지
도자들도 오직 주민을 위하여 불광불급不狂不及해야만 되겠다는
정신을 심어 주어야 되겠다며 나 자신도 不狂不及을 되뇌어 본
다.*

심사心思와 심사深思

우리가 사회생활을 하다보면 자신에게 좋은 말을 해주고, 이익을 줄 때는 좋아라하고 칭찬을 하지만 어떠한 세기에 자신에게 불리함을 줄 때면 욕설을 퍼붓고 상대를 비방하면서 생활하는 것이 우리네 인생살이인 것 같다.

그리고 옛말에 '미운놈 얼굴만 보아도, 목소리만 들어도 밉다.'는 식으로 한 번 밉게 생각하면 아무리 좋은 말을 하고, 좋은 일을 해도 다 미워 보이는 것이 사람들의 생각인 것 같다. 얼마전 모 일간지의 칼럼에서 모 대학교수가 서울 청계천을 복원시킨 이명박 서울시장을 기회주의자로 몰아세운 기사를 읽었는데 내용인즉 박정희식 개발주의를 대표하는 인물로서 청계천을 콘크리트로 덮어 씌웠다가 다시금 헐어내며 인기를 누리는 변신의 귀재라는

식으로 폄하하는 내용이었는데 우리 속담에 '남이 잘되는 꼴 못
본다.', '사촌이 땅을 사면 배 아프다.'는 식으로 그 업적이 감히
보통사람들은 생각할 수 없고 밀어 붙일 수 없는 큰일을 아무 탈
없이 성공시킨 것을 칭찬은 못할망정 폄하하는 그 교수의 심사心
思가 의심스러울 뿐이다.

환경環境이란 생활체를 둘러싸고 있는 일체의 사물, 유기체有
機體에 직접 간접으로 영향을 주는 모든 것을 말하는 것이라고 사
전적 의미에서 보는 바와 같이 청계천을 30여 년 전에 복개할 때
는 그 주위가 너무나 지저분하고 하천이 썩어 냄새가 나고 또한
교통문제 등의 환경적 영향이 컸기 때문에 복개한 것이고, 지금
우리나라의 경제사정 등 주위의 모든 여건들을 고려할 때 복원시
키는 것이 가장 좋은 일이었기 때문에 정확한 판단으로 공사를
성사시킨 업적이라고 할 수 있는 것이다.

우리나라 경제가 지금까지 온 것도 '쾌도난마 한국경제'의 장
하준, 정승일씨의 대담 내용에서 지도자의 역량에 따라 그 나라
의 운명이 좌우 될 수 있는 것과 같이 한 개인의 성공도 기회가 계
속 주어지지 않는 것이며 한국가의 역사도 시기와 기회가 있는
것이다. 그 시기와 기회를 놓치고 잡지 못하면 실패한다는 것을
나는 내 주위의 사람들과 선배, 동료들에게서도 볼 수 있고, 국제
관계 여러 국가의 예에서도 볼 수 있다. 먼데서 찾을 것도 없이 지
금 북한 김정일의 지도체제하에 있는 우리 동포들의 비참함을 보
면 알 수 있지 않은가? 그리고 6·25전쟁시 우리보다 잘살고 우

리를 도운 필리핀 등의 국가들을 보더라도 국가의 지도자의 역량이 얼마나 국가의 운명을 좌지우지 한다는 것을 알 수 있지 않은가? 그런데도 일부 좌경사상분자들은 오히려 박정희 대통령이 없었으면 더욱 잘 살 수 있었다고 하고 미국이 도와주지 않았으면 벌써 통일이 되어 잘 살 수 있었다는 식으로 말을 하고 생각하는 심사心思를 알 수 없다. 나는 누구를 두둔하고 편들려고 하는 말이 아니라 현실적으로 잘한 것은 잘했다고 하고, 잘못한 것은 잘못했다고 하는 생각을 갖자는 것이다.

지금 우리 이천의 경우도 중리천을 복개한 것과 설봉공원을 만든 것은 현재로서는 환경 등을 고려할 때 너무나 잘한 것이며 시민들에게 편리함과 쾌적함을 주고 있고, 대외적으로도 이천의 이미지를 부각시키고 있는 것이다. 아마도 우리 이천도 몇 십 년, 몇백 년 뒤에 다시금 복개한 것을 복원하자는 이야기가 나올 수 있다고 본다. 그러면 제2의 이명박 서울시장과 같은 사람이 나올 수 있는 것 같이 시기에 맞는 지도력을 발휘할 때 국가나 지방자치단체도 발전될 수 있는 것이다.

심사心思라는 사전의 뜻을 찾아보니 마음을 쓰는 본새, 좋지 않은 마음보라고 기술하고 있는데 이제 우리는 무조건적인 반대, 나 개인만을 생각하는 개인주의를 버리고 너를 생각하고 우리를 생각하는 단체생활 규범에 익숙해져야 한다고 보며 心思가 아닌 심사深思의 마음을 갖고 생활해 보았으면 한다.*

패권霸權과 제국주의帝國主義

패권霸權은 어떤 분야에서 우두머리나 으뜸의 자리를 차지하여 가지는 권력이라고 했고, 제국주의帝國主義는 넓은 의미에서 한나라의 정치적 주권을 강제적으로 다른 여러 민족, 국가영토위에 확장하여 전체적 지배를 확립하려는 것이라고 기술하고 있다.

지구상에 존재하는 모든 생명체의 동식물은 약육강식弱肉强食의 법칙이 존재해 왔고, 현재도 진행되고 있는 것은 사실이다. 넓은 의미에서 제국주의는 19세기말 이래의 열강 자본주의 여러 나라 사이의 정치적, 경제적인 자본의 지배가 이루어지고 자본의 수출이 특히 중요성을 가지며 국제트러스트(trust)에 의한 세계분쟁이 시작되어 자본주의 열강사이에 영토 분할이 완료되어 있는 단계다. 자본가 계급과 노동자 계급과의 사이, 자본주의 열강과 식민지 종속국과의 사이에서 모순이 최대한으로 격화되어 있음을 그 특징으로 하고 있는 것인데, 영토의 식민지신탁 정책은 이 지구상에서 사라져가고 있고, 자본의 수출에서 자본의 지배를 받고 있고, 받을 수 있는 여지는 영원히 존재할 수밖에 없다고 생각한다.

그러나 앞서 말한 바와 같이 약육강식의 법칙에 따라 지금의 국제질서도 부의 축적에 의해서 결정되므로 가장 중요한 것은 경제의 발전을 이룩하여 부를 획득하는 것만이 생존의 법칙에 따라 살아남을 수 있는 것이라고 본다. 그래서 옛말에 '목마른 자가 샘 파고, 급한 자가 아쉬운 소리하고, 있는 자가 큰소리친다.'는 말과 같이 그런짓 당하기 싫으면 출세하고 돈 벌어야 된다는 이야기가 있듯이 국가와 국가간에도 우선은 힘이 있을 때 큰소리 칠 수 있는 것이다. 오히려 제국주의 탓만 힐 것이 아니라 패권주의에 사로잡혀 있지 않고, 국민들의 소리에 귀 기울여 상임지이천감上臨之以天鑑하고, 하찰지이지지下擦之以地祇라, 유정가수惟正可守요, 심불가기心不可欺니 계지계지戒之戒之라. '하늘이 감시하고 땅이 살피고 있으니 오직 올바로 지켜야할 것이요, 마음을 속여서는 안 되니 경계하고 경계하라.'는 명심보감明心寶鑑정기편 자허원군 성유신문의 말씀과 같이 역사의 심판은 준엄하고 냉정하다는 것을 지도자들은 반드시 깨닫고 이 나라를 이끌어가야만 될 것이다.

제국주의라는 말을 가장 많이 인용하면서 백성을 현혹시키는 자들이 공산주의자들이다. 그들은 소련 공산주의 정책이 실패하기 전까지는 제국주의를 타도 대상으로 하여 전 세계의 공산화를 전략적 목표로 삼고 혁명투쟁을 하였으며, 무산계급을 부르짖던 소위 프롤레타리아 혁명을 이룩한 그들이 오히려 철두철미한 계급사회라는 것이 백일천하에 드러났다. 그리고 현재 북한 체제는 1인 독재 체제와 옛 군주왕권 국가를 능가하는 체제 속에 우리 동포를 괴롭히고 있음은 천하가 다 아는 사실이다. 그런데도 지금 정치 지도자들은 북한 김정일과 그 추종자들에게 북한 동포들의 인권문제를 제기해본 지도자들이 있다는 소리를 한번도 들어 보지 못했다. 그나마 늦은 감이 있지만 변호사 협회에서 북한의 인권개선 촉구 선언문을 발표한 것은 다행스런 현상이다.

제국주의를 원망하고 탓하지 말고 제국주의 정책에 휘말리지 않게 힘을 기르고 우리도 지킬 것은 당당히 지키고, 주어서 이득이 갈 것은 국민들을 설득하고 이해시켜 주면서, 강한 힘과 부를 갖추어 세계 선진국 대열에 들어 설 수 있는 길을 가야만 할 것이다. 이렇게 하기 위해서는 패권주의에 심혈을 기울일 것이 아니라 각 요소의 우두머리(패권)들은 우두머리 자리 지키기와 패거리 만들기만을 할 것이 아니라 백성 무서운 줄만 알면 된다.*

아~ 진정한 칼의 노래가 듣고 싶다.

요즘 TV연속극 불멸의 이순신을 시청하면서 칼의 노래에 대하여 많은 생각을 하게 되었다. 진정한 칼의 노래기 무엇인가? 칼을 휘두르되 어디를 향하여 휘둘러야 되는지 목표와 목적이 있어야 되며 그 목표와 목적이 그 무엇이어야 되는데 그 무엇의 상대가 누구냐이다. 나 자신의 영달을 위함이냐, 나 자신의 복수를 위함인가? 너와 우리를 위함이냐에 따라서 그 칼의 노랫소리는 듣는 사람으로 하여금 다르게 들린다.

악화가 양화를 이기는 경우가 역사적으로 많이 있었다. 그러나 역사의 심판은 언제나 양화가 어느 쪽이었느냐가 판가름내고 있는 것이다. 지금 우리나라의 정치가들이 하는 '꼴'은 목표와 목적이 잘못 설정되어 있는 것 같다. 그 목표가 주민들의 행복추구와 안위에 있는 것이 아니라 자신의 정치생명의 연장과 권력 장악과 패권다툼에만 모든 전략과 전술이 동원되고 있는 것 같다. 사람이 자신의 행위를 복잡한 이론으로 설명하려 할 때는 그 행위가 나쁜 행위라는 것을 믿어도 된다. 양심의 결정은 항상 간단명료하고 솔직하기 때문이다. 지금 정치는 선전과 선동의 정치이다.

옛말에 '가난구제는 나라도 못한다.'라는 우리 속담이 있는 것은 인간에 대한 정신교육을 시켜야하는데 무조건 가난하고, 직업이 없다고 하면 나라에서 보조금을 주고, 큰소리치면 주고, 지역민들에게도 어떠한 기업체나 공공시설(쓰레기매립장, 폐수처리장, 골프장, 공장, 납골당 등)을 설치하려면 주민동의서라는 제도를 만들어 국민들에게 돈 맛을 들게 한 것이다. 그리고 목소리 크게 높이며 머리에 붉은 띠 두르고 단식투쟁하면 각종 언론매체에서 대문짝만하게 기사화시켜 부추기고 있으니 이 국가의 균형발전이라는 말은 허울 좋은 슬로건에 지나지 않고 있는 실정이 아닌가? 진정한 복지국가는 무엇인가? 젊었을 때 저축하여 노후에 편안한 생활을 할 수 있는 혜택을 누릴 수 있는 세상이 아닌가 싶다.

선전선동으로 가진 자의 것을 빼앗아 못 가진 자에게 나누어 주는 제도가 진정한 민주주의사회를 가져 올 수 없다는 논리는 공산주의 사회가 몰락함에 따라 입증이 된 것이다. 그런데 아직도 우리 사회에서는 선전과 선동으로 악화가 양화를 이기고 있는 실정이다. 속담에 '사공이 많으면 배가 산으로 올라간다.'는 말이 있다. 지금 우리나라의 제반 정책은 사공이 많아서 배가 산으로 올라가기 때문에 죽도 밥도 안 되고 있는 것이다. 지금 우리는 진정한 칼의 노래를 듣고 싶어 하는데 그 칼질하는 소리는 쓸데없는 곳에만 칼을 대다 보니 피비린내만 나고 아우성 소리만 들리는 것이다. 나는 종기를 앓아 본적이 있는데 가만히 내버려두었으면 자연적으로 곪아 터져서 자연 치유가 되었을 것인데, 신약이 나왔다고 하여 신약을 발라도 보고, 새로운 수술기법이 생겼다고 하여 다른 병원에 가서 도려내도 보고, 한약이 좋다고 하여 고약을 붙여도 보고, 이리 쑤시고, 저리 쑤셔대어 나의 종아리는 엉망진창이 되어 지금 나의 발뒤꿈치는 흉터자국이 섬찍하리만큼 남아 있다. 인간의 몸은 자연 치유될 수 있는 동물적 세포조직을 갖고 있기 때문에 자연 치유가 가능한 것이다. 따라서 세상의 사회적 조건도 인위적인 것보다는 보편타당성 있는 제도와 논리로서 정치를 할 때 칼의 노래 소리가 즐겁게 평기 될 것이다. 이것이 가능하게 하려면 우리 국민들의 판단능력이 정확해야 된다. 이제는 악화의 논리에 놀아나서는 절대 안 된다. '남의 눈에 티끌을 탓하면서 내 눈의 대들보는 보지 못한다.'는 성경 말씀과 같이 모든 것을 이것탓 저것 탓으로만 돌리고 금세탄로 날 것도 우선 '아니다'라고 잡아떼는 풍습이 만연되고 있다. 아~ 진정한 칼의 노랫소리가 언제쯤 들려올 것인가?*

사람을 바로 알자

　인간의 생활은 자연과 가까워질수록 善하게 되며 자연과 멀어질수록 惡하게 되는 것이다. 과학문명이 발전하면서 인간에게 편리함과 수명연장에 많은 변화를 가져온 것은 사실이다. 그러나 자연환경의 파괴로 말미암아 각가지 질병이 생겨나면서부터 인간의 심성은 이기주의가 팽배해 졌고 개인의 이익을 위해서는 수단과 방법을 가리지 않기 때문에 남에게 배려하는 마음은 사라져가고 있는 것이다.

　요즘 사람 사귀는 것이 겁이 난다고 말을 하고 있다. 초등학교 때 선생님은 사회생활을 하기 위해서는 많은 사람을 알고 사귀어야 된다고 하셨다. 잘난 사람, 못난 사람, 잘사는 사람, 못사는 사람, 많이 배운 사람, 배우지 못한 사람, 건강한 사람, 건강하지 못한 사람, 전라도 사람, 충청도 사람, 경상도 사람 그런데 사회생활은 나를 아는 사람이 나에게 손해를 끼치고, 중상모략하고, 자기 이익만을 취하려 하는 것이지 모르는 사람에게는 해를 입히지 않는 것이다. 그러기에 사람을 사귀고 알지 못하는 것이 더 낳은 것 같다. 그러나 사람이 사람을 안다는 것이 얼마나 즐거운 것이며 더불어 살아가는 공동사회에서는 더욱 중요한 일인 것이다. 그런데 왜 사람을 아는 것이 싫어질까? 지금 사회는 불신풍조가 만연되어 있기 때문이다. 한 국가의 원수(대통령)를 지낸 사람이 세금을 포탈하기 위해 재산을 은닉하고 '너희들이 찾아보라.'는 식으로 찾으면 주고, 찾지 못하면 안준다는 배짱을 부리는 나라는 이 지구상에서 우리나라 밖에 없는 것 같다. 그런 사람에게 이 국가의 운명을 맡긴 우리 국민들이 선량하다기 보다 답답하고, 비참하고, 무지하고, 어리석다는 표현밖에 달리 생각이 나지 않는다. 어른들이 이러한 생각과 행동을 하고 있으니 젊은이들과 어린 학생들은 과연 무엇을 보고 들으며 배우고 있겠는가?

이제 물질적인 풍요는 어느 정도 우리에게 있지만 정신적인 풍요는 점점 각박해지고 있는 것이다. 내가 어릴적 만해도 人情이라는 것 때문에 가진 것이 없어도, 배운 것이 좀 부족해도 내 탓이려니 내 운명이려니 하며 자연의 섭리로 돌리면서 이 사회를 이끌어 갔다. 그러나 지금은 法이라는 것이 너무 많아서 우선 큰 소리치고 보는 것이다. 法대로 해라! 이러다 보니 人情을 베풀고 사는 사람은 항시 손해를 보는 사회가 되고 말았다. 이제 우리 사회도 人性이 善하게 바뀌어질 때 이 사회는 도덕적가치관이 확립되고 도덕적가치관이 확립될 때 우리 사회는 이 세상에서 가장 살기 좋은 나라로 만들어 질 수 있다고 생각된다.

노자 22장 익겸益謙에서 곡즉전曲則全, 왕즉직枉則直, 와즉영窪則盈, 폐즉신敝則新, 소즉득少則得, 다즉혹多則惑, 시이성인포일是以聖人抱一, 위천하식爲天下式이라 했는데 '구부려지면 도리어 온전할 수 있고, 굽으면 오히려 곧게 뻗을 수 있고, 움푹 패어지면 도리어 찰 수가 있고, 낡으면 도리어 새롭게 될 수 있고, 적으면 도리어 많아질 수가 있고, 많으면 도리어 망설이게 된다. 그러므로 성인은 하나인 도를 지킴으로서 천하의 규범이다.'라고 했다. 그리하여 장자莊子는 20장 산목편 1절 마지막 구절에 기유도덕지향호其唯道德之鄕乎 '오직 도덕의 고향이 있을 뿐이다.'라고 했듯이 물질적인 것에만 모든 정책을 기울이기 보다는 정신적精神的인 면을 우선하여 사람과 사람이 대화할 수 있고, 사람이 사람을 믿을 수 있고, 사람과 자연이 어울리며 살아 갈 수 있는 풍토가 이 땅에 자리 매김하여야 한다. 그러기 위해서는 우리 기성세대들이 정신 차리고 너와 우리가 있어야 '나'도 있을 수 있다는 평범한 진리를 깨닫고 믿는 사회를 만들어 보자. 이렇게 될 때 우리 땅 독도에서 매일 첫 해 돋음의 태양은 더욱 붉게 타오를 것이다.*

독도는 국방부가 지켜라

　요즘 독도 문제로 한·일간의 대립이 극에 달하고 있다. 독도가 자기들의 영토라고 주장히며 갖은 잔꾀를 나부려서 국제적 여론을 조장시켜 자기들의 것으로 하려는 수작을 부리고 있으니 독도는 자기네 것이라고 주장하고 일본 땅은 자기들 것이라고 주장하고 있으니 일본 땅을 우리 것이라고 우리가 주장한다면 그들은 뭐라고 답변할 것인가?

　독도는 역사적인 문헌이나 현재 지배하고 있는 실효적인 면에서도 우리가 관리하고 있으니 점유권과 소유권이 대한민국에 있다는 것은 두말할 이유가 없는 것이다. 그러나 국제논리는 힘의 논리와 비례하기 때문에 그리 만만치 않은 것이 국제관계인 것이다. 우리는 힘의 논리에 의거하여 반만년을 이어오는 동안에 수

많은 침략을 당해왔고 근세에도 일본의 식민지가 되어 수십 년을 지내온 민족국가인 것이다. 그래서 이제 독도 출입을 통제하던 것을 전 국민에게 개방하여 국제적 관광지역으로 만들어야 된다. 안보적 관점에서도 경찰력으로 경계근무를 하지 말고 군 병력을 배치하여 국토를 지키는 차원으로 해야지 치안 유지형태로 하지 말아야 되겠다. 또한 독도 근해의 방위를 해경에 의할 것이 아니고 해군으로 하여금 국토방위의 책임을 맡게 해야 한다고 본다.

우리 정부가 독도문제에 있어서 미온적인 태도를 벌이고 있기 때문에 일본은 갖은 수단방법을 가리지 않고 자기네 것이라고 주장하고 있으며 급기야는 시네마현 의회에서 자기 지역의 일부라고 주장하며 의회에서 통과시킨 것 아닌가? 우리 젊은이들이나 정부에서는 촛불시위와 도롱뇽사건에서는 전 매스컴과 정부 관료들이 앞 다투어 야단법석을 하던 모습을 국토를 유린하려는 일본인들의 만행에도 적극적인 대응을 하지 않고 있으니 이것이 과연 애국이며 이 국가와 민족을 지키다 산화한 애국선열들에게 우리 후손들은 무엇이라고 답할 것인가? 이제 우리는 힘에는 힘으로 대응해야된다. 지금 독도 문제를 정치인들의 정책적인 차원과 정당정치의 당리당략적인 차원으로 몰아 같다면 이제 우리 국민들은 결코 좌시하지 않을 것이다. 이번 일본인들의 독도 영유권 주장을 단호히 대처해야지 전과 같이 우호적인 차원을 내세워 또다시 구렁이 담 넘어가듯 처리해버린다면 일본인들의 침략적 근성에 또다시 휘말려 들어가고 말 것이다.

　우리 속담에 '제 버릇 개 못준다.'는 말과 같이 섬나라 왜구들의 침략적인 근성과 대륙침략 야욕은 수천년을 이어온 그들의 핏줄 속에 흐르고 있는 것을 우리는 익히 알고 있는 것이 아닌가? 그러기에 반드시 국방부관할하에 막강한 우리 육, 해 공군이 함께 독도를 방위하여 세계관광지역으로 개방해야만 일본인들의 야욕을 분쇄할 수 있다고 본다.*

용어감勇於敢

　개혁은 역사가 지켜 내려오는 동안 하지 않으려는 정부나 정권이 없었고, 작은 것에서부터 시도하며 진척시키며 내려왔으며 또한 역사가 지속되는 한 계속적으로 개혁은 이루어질 것이다. 그런데 급진적인 개혁은 항시 역사적인 관찰에서 볼 때 많은 시련과 아픔을 감수해야 되었고, 심지어는 참혹한 불상사를 일으킨 적이 많이 있었다. 개혁은 정치적 의미에서 합법적 절차를 밟아 정치상, 사회상의 묵은 체계를 고치는 것을 의미하고, 혁명은 급격한 변혁으로 종래의 권위나 방식을 단번에 뒤집어엎는 것을 뜻하는 것이다.

　현 정부에서 3주택 보유자에 대한 중과세를 부과하여 재산세 현실화를 하는 것은 과세 평등의 원칙에 의거하더라도 다수의 국민들에게 환영을 받을 만하다고 보며, 또한 공무원 노조, 전교조 인정 등 각종 단체의 자율적인 활동을 보장한 것은 잘한 일이며, 인권의 존중과 남녀평등을 현실화 시키고, 국가의 자존심과 권위 신장을 위한 외교적 정책도 타 정권에 비해서 잘하고 있다고 본다. 그러나 모든 것은 과하면 탈이 나고, 물이 가득하면 넘치는 것이므로 일에 있어서 선과 후를 잘 가려서 하여야 되며, 빨리 먹은 밥이 체하기 쉬우므로 급할수록 돌아가라는 말과 같이 서두루지 말아야 되는 것이다. 지금 다수의 국민들이 바라는 것은 국가보안법을 수정 보완하는데 찬성하지만 완전 철폐하는 것은 반대하고 있는 것이다. 하필이면 지금 이 경제적 난국 속에서 안보 상황마저 불안하게 만들면 경제가 더욱 침체되기 때문이며 안보문제에 있어서는 50대 이상의 국민들은 6·25 때 동족상쟁의 경험을 체험하였고, 피부로 느꼈기 때문에 국가의 안보에 있어서만큼은 생활과 자유에 약간의 불편함이 있더라도 감수할 수 있다는 경험과 역사적 교훈에서 우리 국민들은 터득하고 있는 것이다. 그리고 공무원 노조와 전교조는 그들의 직업전선 테두리 내에서 발전과 지위향상을 꾀해야지 국민의 세금으로 직업을 하는 그들이 다수의 국민들에게 불편을 주면서 노조투쟁행위를 한다는 것은 국민들로부터 환영을 받을 수가 없는 것이다. 그리고 과거 청산은 전문인들에게 맡겨 역사의 심판을 받게 해야지 정략적으로 이용해서는 안 된다. 지금 우리 국민들은 여와 야의 행동을 곱씹은 눈초리로 보고 있다는 것을 인식해야 된다. 어느 한쪽도 화끈하게

'내 잘못이었소.'하고 자신의 잘못을 인정하고 진정으로 이 국가와 민족을 위해서 헌신적 봉사정신을 가져야 되는데 당리당략에만 눈이 어두워 지금 국민들은 사회적 경제적 불안 속에 하루하루를 보내고 있는 것이다.

노자의 도덕경 후편 73장 용어감勇於敢에 '용어감즉살勇於敢則殺하고 용어불감즉활勇於不敢則活이니라. 차량자此兩者는 혹이혹해或利或害하며 천지소악千之所惡을 숙지기고孰知其故리오. 시이성인是以聖人도 유난지猶難之니라.'고 했다. 용기에는 두 가지 종류가 있는데 일을 억지로 추진해 나가는 적극적인 용기와 인위적으로 하지 않고 순리적으로 하는 용기가 그것인데, 무리하게 밀고 나가는 용기는 다른 사람을 죽이고 끝내는 자신마저 죽이며, 일을 인위적으로 하지 않고 자연의 법칙에 따라 행하는 용기는 다른 사람을 살리고 자기 자신도 살린다는 뜻이다. 그러나 세상 일이란 오히려 적극적인 행위가 이득을 보고, 소극적인 행위가 손해를 보는 경우가 많고 선량한 사람보다 악한 사람이 출세하는 경우가 많은 것도 사실이다. 그래서 눈앞의 이익만을 추구하기 때문에 무리하게 적극적인 용기를 발휘하여 악을 저지르는 일이 많은 것이다. 지금 우리의 현실은 한꺼번에 모든 구악을 떨쳐 버린다는 적극적인 행동으로 오히려 화를 자초하고 있는 것이다. 지금 우리 국민 모두가 정치가이다. 이제 우리는 자신의 위치로 자신의 참 직업인으로 돌아가자.*

상가지구喪家之狗

　초상집 개 같다는 말이다. 지금 우리나라 현실이 온통 초상집을 방불케 하고 있는 실정이다. 이북과의 금강산 총기사건으로 남북의 대화가 어긋나고 있고, 일본과는 독도 영유권 문제로 냉전이 고조되고 있고, 경제적으로는 고유가로 인해 기름값이 천정부지로 치솟고 있고, 물가는 잡을 수 없는 실정이고, 미국과는 FTA 쇠고기 문제로 온통 온 나라가 난리법석을 떨었고 현재도 떨고 있는 실정이고, 무엇 한 가지 국민들이 마음을 편히 가지고 생활할 수 있는 여건이 조성될 기미가 보이지 않고 있으니, 국민들은 초상집 개 같은 신세가 되고 있는 실정이다. 그러면 한 가지씩 정치지도자들은 차근차근 문제를 해결하면서 풀어나가야만 되는데, 서로가 이해타산에 억매여 책임 떠넘기기에 전전긍긍하고 있는 모습이 참아 눈뜨고 보기 역겹기만 하다. 이 모든 문제를 해결하는 방법은 손뼉을 치는 것과 같다. 손뼉을 쳐서 소리를 내야 되는 것과 손뼉을 마주치지 말고 비켜가는 법을 교묘하게 찾아서 돌아 나가면 된다. 세상만사는 손뼉을 칠대는 쳐야 되고 손뼉은 마주치지 말아야 될 때는 마주치지 말아야 될 때를 구분할 줄 아는 지혜가 필요한 때이다. 여와 야, 진보와 보수, 우와 좌, 서로가 이 국가의 국민의 한 일원으로서 대화하고, 화합하여 이 난국을 극복해나가야만 된다.

초상이 났다고 국민들의 고통은 외면하면서 당리당략에만 혈안이 되어서는 안 된다. 금강산 총기살인사건은 확실하게 손뼉을 쳐서 소리를 내야만 된다. 사건경위를 확실히 조사하여 사과 받을 것은 사과 받고, 사과 할 것은 사과하여 남북이 더욱 공고히 된 남북교류를 하는 것만이 통일로 가는 길이 더욱 가까워질 것이다. 독도 문제는 손뼉을 칠 문제는 손뼉을 쳐서 소리를 내어야 되고 손뼉을 비켜갈 문제는 비켜가야만 된다. 세계여론 조성이 될 소지는 비켜가야 되고, 역사적 사실과 실효적 지배권으로 국방부 관할로 병력을 주둔시키자는 소리를 내어 손뼉을 쳐야 되고, 일본 내에서의 여론에는 너무 과민한 반응을 보이지 말고 소리 내지 않는 것이 좋겠다. 그리고 독도를 확실한 관광지로서 개발하여 세계 사람들에게 관광을 시켜야 된다.

쇠고기 수입문제는 이제는 국민들과 손뼉을 마주쳐서 소리를 내어야 된다. 확실한 검역체계 확립으로 수입하여 수입고기를 사먹을 사람은 사먹고, 사먹지 않을 사람은 사먹지 말게 하면 된다. 우리 국민들이 사먹지 않는 것을 수입할 무역상은 없을 것이다. 반대하는 사람들도 있어야 된다. 우리 대한민국 건국 초기 때도 국산품애용과 외국상품 불매운동이 있었던 기억이 있다. 그런 식으로 애국심을 고취시키며 우리 농산물과 우리 상품들의 질을 향상시키고, 국민들의 시야를 넓히는데도 기여하리라 믿는다. 이렇게 하는 것이 지금의 경제 난국을 극복할 수 있으며 국내의 여러 가지 문제를 해결할 수 있는 길인 것 같다.

　상가지구喪家之狗 더 이상 국민들을 초상집 강아지 신세가 되지 않게 정치지도자들은 대오 각성하여 이합집산의 테두리를 벗어나 국민들의 참다운 심부름꾼이 되어 줄 것을 간곡히 부탁한다.*

왜 이럴까? 이래도 되나!

　나는 충청도 산골 조그만 마을에서 태어나 초등학교를 다녔는데 학생수가 전교생이라야 150여 명 남짓하여 한 학년이 30~40명에 불과했다. 지금은 그 모교가 수중의 혼이 되어 그 흔적조차 찾지 못하고 있지만 나에게는 너무나 잊혀지지 않는 추억과 향수와 그리움의 진액들만으로 나의 뇌리에 차여 있는 곳이다. 당시에 스승(선생님)님들은 정말 엄하고 그 그림자조차 밟아서는 아니 될 존재로서 가치를 인정받고 인정하고 있었다. 그런데 지금의 선생님 중에는 권력의 시녀인지, 황금의 노에가 되어서 인지, 제자의 답안지를 작성해주고 그 대가를 받았다는 기사를 접하고 이 국가의 도덕적가치관과 인륜적 존재가치를 갖춘 진정한 교육자는 사라지고 없는 것인가 하고 자탄했다. 다른 기사는 경기도 광주에 거주하는 중년부인이 연하남자와 눈이 맞아 심부름센터에 의뢰하여 영아를 유괴하는 과정에서 의뢰받은 사람들이 아이의 어미를 살해하고 영아를 납치하여 주는 댓가로 1억 6천만원을 챙겼다는 내용의 기사를 읽어보았는데 정말 이래도 되나, 왜 이럴까?

이제 우리나라는 동양의 예의바른 동방예의지국이라는 격찬의 국가적 이미지는 사라지고 있다는 말인가? 또 다른 기사는 군의 중대장이 훈련병에게 기압으로 중대원에게 인분을 먹였다고 하는데 나도 군의 장교로 예편을 했지만 부하들에게 '똥'을 먹였다는 이야기는 들어보지도 못했고 생각조차도 못한 내용이었다. 정말 왜 이럴까? 이래도 되나!

우리 세대는 어릴 때 TV를 못보고, 핸드폰 전화기가 없어도 고향에 계신 부모님에게 '어머님전상서'로 시작하면서 편지를 붙여 편지를 익는 부모님은 호롱불 밑에서 읽고 또 읽고 편지가 다 닳도록 읽으면서 자식의 건강과 무운에 기도를 하였다. 물질만능 시대이고, 권력지향주의 시대이다. 절의 스님이 고기 맛을 보면 빈대새끼가 남아 남지 않는다는 말과 같이 지금 이 세상은 너무나 고기 맛만을 생각하고 고기 맛만 볼 수 있는 곳이면 어떠한 수단과 방법을 가리지 않고 착취하려고하는 것이다.

미국의 맥아더 장군은 1962년 5월 12일 미국육사 졸업식장에서 공정한 패배는 당당하고 떳떳하게 받아들이되 성공 앞에서는 겸손하고 너그러워지는 법을 그리고 행동으로 옮겨야할 때는 말

로 대신하지 않고 안락의 말로 추구하지 않고, 고난과 도전의 중
압감과 채찍을 기꺼이 견디며, 폭풍 속에서 일어설 수 있는 법을
배우되 쓰러진 이들에 대한 연민을 느낄 수 있는 온정을, 남을 지
배하려하기 전에 자신을 이기는 법을, 깨끗한 마음과 고귀한 목
표를 가지며 웃음을 배우되 눈물을 잊지 않고, 내일을 향해 나아
가되 어제를 간과하지 말고, 항상 진지하되 지나치게 아집에 사
로잡히지 말 것이며, 진정 위대함은 가식이 없는 것임을 잊지 않
는 겸허한 마음가짐을 마음을 여는 것이 진정한 지혜이며 유순함
이 진정한 힘이라는 것을 강조하여 지고한 가치에 대해서 명연설
을 한 내용이 새삼 뇌리를 스치고 있어서 적어 보았다.

　이제 우리 국민들은 대오 각성하여 정치인들의 감언이설에 놀
아나지 말고 진정 이 국가와 민족을 위한 길이 무엇인가를 깨닫
고 현혹되지 말아야 되겠으며, 지도자들은 국민을 무서워할 줄
아는 자들이 되기를 간절히 바라고 기도해 보며 내일 조간신문지
상에는 미담기사가 많이 실려 있기를 기대해본다.*

'다워야' 되겠다.

세상의 모든 것은 '다워야' 되겠다. 사람들은 유행에 무척이나 민감하다. 그래서 상인들은 시간을 다투어 정보와의 전쟁을 하고 있는 것이다. 뒤떨어지면 치열한 생존 경쟁의 시대에 살아남기 어렵기 때문이다. 그리고 각종 매스컴을 보면 남녀평등 시대라고 여성들이 양쪽부모의 성을 한자씩 따서 쓰고 있는 것을 볼 수 있다. 개성적이라고 보고 싶다. 만약에 그것이 보편화 될 때, 3~4대가 지나다 보면 두자 성을 갖은 사람들끼리 결혼을 하면 그 자녀는 성만 4자가 되고, 이렇게 기하급수적이 되면 나중에 그 사람의 성과 이름을 붙여 불러 보려고 할 때 어떻게 될 것인가 예를 들어 보자. 선우씨와 제갈씨가 결혼을 하면 그 자녀는 선우제갈 철수가 된다. 다음에 선우제갈씨와 황보남궁씨가 결혼하면 선우제갈

황보남궁 철수가 된다. 그 다음 대가 될 때는 아마도 성씨가 이 한 지면을 다 차지하게 될 것이다. 선진국에서는… 하는 말을 하는데 미국은 여자가 결혼을 하면 남편의 성을 따르고 있다. 우리나라는 결혼 후에도 여성의 성을 그대로 갖고 생활한다.

나의 주장을 너무나 강요하고 집착하다보면 자신의 논리와 주장에 도취되어 이성을 잃어버릴 수가 있는 것이다. 지금 우리나라는 혼란의 정국 속에 있는 것 같다. 그것은 모든 위치에 있는 사람들이 '다워야'되는데 그렇지 못하고 나를 본받아야 되고, 내 말에 따라야 되고, 내가 좋아하는 일이면 남이야 어떻게 되든 상관하지 않는다는 이기주의적인 생각만이 팽배하고 있는 것 같다.

초등학생은 초등학생 '다워야' 되고 대통령은 대통령 '다워야' 되며, 또한 초등학생이 대학생같이 행동하고, 대통령이 초등학생같이 행동해서도 안 되는 것이다. 또한 여자는 여자다워야 한다. 이런 예를 문학에서는 Decorum이라 말한다.

우리민족은 슬기로운 민족이다. 그런데 언제부터인가 민족성이 살아져가고 모든 문제해결을 나 개인의 잣대에 기준삼아 사회생활을 하고 있는 풍토가 만연되어 있다. 자유라는 것은 타인의 안전과 사회질서를 파괴하지 않는 범위에서 누릴 수 있는 것이 진정한 자유라 부를 수 있는 것이지, 남의 자유와 사회질서를 어지럽히고 나의 주장과 괴리를 강요하는 것은 폭력수단과 다를 바가 없는 것이다.

이제는 위정자들의 어떠한 사탕발림과 선전·선정·책동에도 현혹되지 않는 성숙된 모습의 변모된 국민들이라는 것을 모든 정치인과 사상적 의심이가는 사람들은 인식을 바꾸어 진정으로 이 국가와 민족을 위하는 애국의 길이 무엇이라는 것을 깨달아야 되겠다. 민주니 자유니 하면서 법의 질서를 어기면서 사회질서를 파괴하는 행동은 자제해야 된다.

이제 우리는 '다워야' 되겠다. 국민은 국민답고, 국회의원은 국회의원답고, 남자는 남자답고, 여자는 여자답고, 선생님은 선생님다워야 되겠다. 그리고 대통령은 대통령답고, 시장은 시장다울 때 '산은 산이 되고 물은 물'이 될 것이다.

이제 우리는 각자 각자의 위치에서 '답게' 살아가자.*

제3부

쌀 한 톨의 소원

신언서판身言書判과 태상太上

신언서판身言書判이란 '사람이 갖추어야 할 의용儀容, 언론言論, 문필文筆, 판단判斷이다.' 라고 국어사전에 기술하고 있다. 사람이 사회생활을 하다보면 대인관계를 할 때 우선 처음에는 그 사람의 용모부터 살피게 되고, 다음에 대화를 주고받으며 그 사람의 말을 들어본다. 그리고 그 말 속에 얼마만큼 진실과 지식이 있는가를 보게 되고, 마지막 그 사람의 옳고 그름의 판단력과 일에 있어서의 판단력이 얼마만큼 정확한가를 가름하는 것이 한 사람을 평가하는 방법이라고 볼 수 있으며 신언서판身言書判은 우리가 사회생활을 하는데 있어서 인간의 기본조건이기도 하다. 용모는 단정하게 항상 온화한 표정으로 임해야 하며, 말은 삼가며 듣는 쪽을 택하고, 그 말속의 문장을 열 번 백 번 생각하며 말하

고, 일에 있어서의 판단은 신속, 정확하게 하는 생활습관을 길러
야만 되겠다.

그리고 이것은 당나라 때 관리를 뽑는 표준으로 삼았던 것이
다.太上태상은 노자의 도덕경 제17장에 태상하지유지太上下知
有之하고 기차친지예지其次親知譽之하며 기차외지其次畏之하고
기차모지其次侮之니라, 고故로 신부족언信不足焉이면 유불신有不
信이니라. 유혜귀기언猶兮其貴言하고 공성사수功成事遂하되 백성
百姓은 개왈아자연皆曰我自然이니라. 노자는 이장에서 정치의 道
가 날로 쇠퇴하여감을 통탄하고 무위자연無爲自然의 道로서 나
라를 다스리는 이상적인 정치를 말하고 있다. 즉, 가장 훌륭한 임
금은 백성들이 그가 있음을 알뿐이고, 그 다음가는 임금은 백성
들이 그를 친근히 하고 칭송하고, 그 다음 가는 임금은 백성들이
그를 두려워하고, 그 다음 가장 잘못된 임금은 백성들이 그를 업
신여긴다. 그러므로 신의가 부족하면 백성들이 믿지 않게 되는
것이다. 가장 훌륭한 임금은 머뭇거려서 그 말을 귀중하게 여기
고, 공을 이루고 일을 완수할 지라도 백성들은 다 나 스스로 있을
뿐이라고 말한다.

노자는 여기서 위정자를 네 등급으로 나누고 '가장 훌륭한 위
정자는 마치 하늘과 땅이 만물을 말없이 그리고 인위적으로 작용
하는 일 없이 생겨나고 자라나게 하듯이 백성들은 단지 자기들
위에 나라를 다스리는 임금이 있다는 것만을 알고 있을 뿐 임금
이 무엇을 하는지 조차도 모르고, 그 고마움조차 느끼지 못하는

것이다'라고 했다. 또한 말의 중요성을 시경詩經, 대아大雅, 탕지습湯之什 2장 5절에 백규지점白圭之岾은 상가마야尙可磨也니라. '흰 구슬에 흠이 있는 것은 오히려 갈면 되지만 말의 흠은 또 어찌할 도리가 없다네.'라고 말하고 있다. 우리들의 생활에서 말을 할 때에 신중을 기할 것을 옛 성인은 시로서 읊조리고 있는 것이다.

그런데 지금 우리나라는 국가의 위정자爲政者들이라는 사람들이 시정잡배市井雜輩들이나 하는 몰상식한 말들을 거침없이 내뱉고 있으며 또한 당리당략에만 치우친 언행을 거침없이 행하고 있음은 심이 통탄스럽지 않을 수가 없다.

우리 옛말에도 '말 한마디로 천 냥 빚을 갚는다.'라고 했듯이 말이란 상대방을 죽이고 살릴 수도 있다는 것을 명심해야 되겠다. 특히 지도자급에 있는 사람들일수록 자신의 감정에만 치우치지 말고 항시 상대방의 감정을 살피고 말을 할 때 같은 말이라도 상대방의 기분을 좌지우지 할 수 있는 것이다. 이제 우리 '말이 말로서 말 많으니 말 많을까 하노라.'는 시조와 같이 말조심하여 명랑한 사회를 만들어 보았으면 한다.*

相生의 政治

상생相生이란, 나무에서 불, 불에서 흙, 흙에서 쇠, 쇠에서 물, 물에서 나무가 생성됨을 말하고 있다.

얼마 전 매스컴에서 대통령이 이제는 상생相生의 정치政治를 펼쳐 나가겠다고 했다. 그렇다. 이제는 모든 것을 서로가 협조하고, 협의하고, 용서를 바라고, 용서하고, 타협하여 民生을 살펴야 될 때이다. 국회의원 서거 때 네편, 내편, 보수와 개혁, 세대간의 갈등, 지역간 갈등, 수구와 진보 등 수 많은 正과 反으로 온통 이 나라가 용광로처럼 들끓어 감정적 대립으로 자못 국가의 총체적 난국이 될 것 같은 느낌이 들었다. 정치인들이 제발 교각살우矯角殺牛 '결점이나 흠을 고치려다가 수단이 지나쳐 도리어 그르친다.'라는 말과 같이 더 많은 개인적 자유와 권리를 주장하다 국가가 망한 아르헨티나 등의 경우처럼 선진국 대열에서 밀려나 무정부상태가 되고 있는 세계 몇몇 국가의 우를 범해서는 안 되겠기에 이 국가와 민족을 걱정하는 우국충정에서 많은 노년층 사람들은 걱정하고 있는 것이다.

지금 60대 이상 분들이 누구인가? 초근목피草根木皮로 끼니를 때우면서 전쟁과 혁명과 갖은 고생을 겪으며 이 국가를 위하여 헌신한 산 증인들인 것이다. 이들이 바라는 것은 안정 속의 번영이다. 갑작스런 변화는 자못 염려스러운 것이다. 그렇다고 옛것만을 고집하는 안일무사安逸無事 주의로 나가라는 것이 아니다. 안보적 관점에서 보는 이라크 파병문제에서도 세계평화에 이바지하는 차원에서 오히려 국가적 위상과 아랍권 국가와의 경제협력 관계에서도 손자병법을 이용한 백전백승百戰百勝이 비선지선자야非善之善者也오, 부전이굴인지병不戰而屈人之兵이 신지선사야善之善者也 '백 번 싸워 백번이기는 것이 최선의 방법이 아니요. 싸우지 않고서 적군을 굴복시키는 것이 최선의 방법이다.'라는 말과 같이 임한다면 도랑치고 가재 잡는 식이 될 수도 있다는 말이다.

자신의 뜻과 같이 않다고 적개심을 가지면 싸움이 일어나고 싸움이 일어나면 빈대새끼 밉다고 초가삼간 태운다는 속담과 같이 相生이 아니라 相死가 된다는 것을 명심해야 된다.

내가 근무하고 있는 곳이 터미널인데 점포가 많다. 임차인들은 자기 업종만 내세우는 경우가 종종 있는데 나는 이렇게 이야기한다. 나 혼자 품목을 주장하고 내 것만 주장하려면 설봉산 꼭대기

에서 혼자 장사하면 누구도 품목과 업종을 침범하지 않을 것이라
고, 장사 속에서 장사할 수 있다는 말과 같이 相生해야 된다고 정
치고, 경제고, 사회생활이고 서로가 어울리며 살아가야 된다. 자
연법칙에 순응할 때 오랜 세월을 지속시킬 수 있는 것이다.*

깡통굴러가는 소리에 신물이 난다.

우리나라 은어에 '밥맛없다.' '신물이 난다.' 등 어떠한 일의 결과나 반복되는 일에 불만을 나타내는 표현으로 쓰어지고 있는 말이 있다.

'신물'이란 사전적 의미는 생리적으로 먹은 것이 체하여 토할 때, 나오는 시척지근한 물, 산패액酸敗液이라는 뜻과 지긋지긋한 일. 진절머리 나는 일을 나타내고 있는 말이다. 지금 우리나라의 정치인들이 하고 있는 모든 짓거리들을 보고 보통의 국민들은 위와 같이 '밥맛없다.' '신물이 난다.'는 등의 불만스런 목소리를 하고 있고, 각종 신문지상이나 매스컴을 통해서 정말 신물이 나도록 들어 왔고, 듣고 있는 현실이다.

깡통은 물이나 모래 등으로 꽉 채우면 아무리 두드려도 소리가 나지 않는다. 그러나 빈 깡통은 조금만 때려도 소리가 요란스럽게 나는 법이다. 이제 우리는 비어 있는 깡통에 모래나 물을 넣어야 할 때이다. 조금만 건드려도 소리가 나지 않게 깡통 속을 채워보자! 부부간에도 남편은 남편의 깡통 속을 채우고, 아내는 아내의 깡통 속을 채워 소리가 나지 않게 하고, 지도자들의 어떠한 속임수나 감언이설이나, 지연, 학연 등의 소리가 들리지 않고 흔들리지 않게 깡통 속을 꽉 채워보자.

생리적으로 신물이 나는 데는 원인이 있다. 자신의 몸에 맞지 않기 때문이다. 나는 낚시를 좋아하는데 계절과 기후와 식사의 과다에 의해서 물가에서 낚시를 하다보면 신물이 날 때가 있다. 틀림없이 음식을 잘못 먹어서 찬 공기 속에 있으면 신물이 났던 것이다.

깡통 속을 채우되 더러운 오물이나 부패된 음식으로 채우면 뱃속의 유행성 박테리아와 싸워서 뱃속에 전쟁이 나서 신물이 나오는 생리적 현상이 일어나게 된다. 그런데 우리 인간들 중에 이렇게 엄연한 사실을 외면한 채 체하지 않을 것이라고 안이하게 생각하는 인간들이 있다. 그러나 부패된 음식을 먹으면 시간적 차이는 있을지언정 반드시 체하게 되어 있다. 지금 우리 주위에서는 더러운 오물을 먹어 신물이 나오도록 토해내고 있는 자들이 있고, 토하기 직전에 있는 자들이 있어서 이러한 모습을 보고 있는 선량한 국민들은 생리적 작용의 '신물' 아니라 정신적 '신물'이 나고 있는 것이다.

이제 얼마 있으면 이 국가의 국민의 대표자들을 뽑는 국회의원 선거가 있다. 신물이 난다는 소리를 하지 않기 위해서는 국민 각 개인이 빈 깡통을 잘 못 뽑아서 요란한 소리가 나지 않게 두 눈을 부릅뜨고 현명한 판단을 하여 한 표의 주권행사를 잘하여야만 되겠다.

애중지 키우는 소를 잃지 않도록 튼튼하게 외양간을 고치고, 신물이 난다는 말을 하지 않기 위하여 깡통 속을 단단히 채워야 한다. 오늘도 나는 깡통 굴러가는 소리를 해 본다.*

금쪽같은 내 나라

일일연속극 '금쪽같은 내 새끼'를 시청해보면 부부간의 잣대로, 그리고 각 가정간의 잣대로 자식새끼 사랑을 하고 있다. 일대일 사랑의 철학으로 너와 우리의 생각과 미래를 생각하지 않는 일방적인 내 새끼 사랑만을 강조하고 있다. 지금 우리나라의 국내 상황은 너무나 일방적인 금쪽같은 내 나라 사랑하기 운동이 펼쳐지고 있는 느낌이다.

화재보험과 자동차보험을 들고 있는데 이것은 소멸성 보험들이다. 일생에 한 번의 사고를 방지하기 위한 보험이다. 국가의 안보활동과 규제는 0.01%의 위험이 있을지라도 지켜져야 되고 튼튼해 해놓아야 된다. 우리 민족은 수많은 외침을 당해왔고, 근세 6·25사변 시에는 공산주의자들의 사상싸움에 수십 수백만 명의 인명피해와 재산적 피해를 당해온 민족이다. 아직도 우리한반도는 전쟁이 현재진행형인 지역이다. 1953년 7월 27일 휴전협정을 맺은 것이다. 휴전休戰이란 사전적 의미대로 전쟁을 중지하는 뜻이고, 교전국이 서로 협의하여 군사행동을 일시적으로 멈추는 것이다. 그리고 손자병법 제13편 용간편用間篇에는 간첩을 부리는 방법 다섯 가지를 설명하고 있다.

첫째 향간鄕間 : 적국의 백성을 시켜 정보를 제공하게 하는 것.

둘째 내간內間 : 적국의 관리를 매수하여 정보를 제공하게 하는 것.

셋째 반간反間 : 적국의 간첩을 역으로 이용하는 것.

넷째 사간死間 : 죽음을 각오하고 적국에 잠입하여 아군에 대한 거짓정보를 유포 시키는 것.

다섯째 생간生間 : 적국에서 살아 돌아와 정부를 제공하는 것.

이와 같이 손자병법에서 강조한 내용과 같이 북한 공산주의자들은 각종 전략 전술을 상활에 따라서 변화무쌍하게 자행되고 있음을 우리는 알아야만 된다. 그리고 이율곡 선생님의 <동호문답> 여섯 번째 당금지시세當今之時勢와 같이 오늘날의 상황 중에 개혁을 할 수 있는 상황 두 가지와 할 수 없는 상황 두 가지를 말하고 싶다. 무엇이 할 수 있는 형편인가하면 聖明하신 대통령님이 계시니 첫째 할 수 있는 점이요. 대통령님 아래에 권력을 마음대로 휘두르는 간특한 자가 없으니, 둘째 할 수 있는 점이다. 무엇이 하지 못할 형편인가 하면, 첫째 인심(인지도 30%미남)이 이반

되어 있음이요. 둘째는 사기土氣가 너무 꺾여 있다는 것이다. 이
것을 헤쳐 나갈 수 있는 것은 일곱 번째 무실위수기지요務實僞修
己之要인 것이다. 즉, 참되도록 하는 것이 수기의 요령이며 안민
安民하는 길이라 생각이 든다. 군사정권 시절에는 소위 혁명동지
들 때문이었으며, 문민정부 시절에는 신세진 자들의 보살핌 때문
인 것 같으며 지금의 대통령님은 개혁과 진보 세력들의 지지였던
같은데 개혁의 방법과 절차상의 문제가 있는 것이 사실인 것 같
다.

금쪽같은 내 새끼만 사랑하는 잣대로 사랑하지 말아야 한다. 내
나라 내 민족 사랑을 나만이 사랑하는 것이 아니라 너와 우리 모
두가 동감하는 사랑이어야만 된다. 지금의 우리나라 정세는 총체
적 난국의 상황인 것 같은데 이것을 이기는 길은 국민적 공감대
와 국민적 화합을 이루어야만 된다고 생각하고 '금쪽같은 내 새
끼'의 스토리가 어떻게 전개될지 작가의 전개방법을 숙고해봐야
되겠다.*

<h1 style="text-align:center">콩 심은데 콩난다.</h1>

옛 속담에 '콩 심은데 콩나고 팥 심은데 팥 난다.'는 말이 있다. 또한 끼리끼리 모인다는 말도 있다. 요즘 정치인들이 행한 정치자금에 대한 행각을 우리 국민들은 너무 많이 들어서 신물이 날 정도이고 무감각하다. 이제는 더 이상 누가 더 먹었느니, 갔다 주었느니 하는 보도는 실감이 나지 않는다. 우리나라 정치인들 한 사람이라도 의인(돈 안 먹은 사람)이 있으면 나와 보라고 하라. 이것을 없애는 방법을 국민들은 술집과 식당에서 이렇게 이야기들 하고 있다. 먹은 놈은 국민 앞에 공개 처형하라. 먹은 놈은 자자손손 국가공무원에 채용하지 말아라. 먹은 놈은 끝가지 사면하지 말아라. 끼리끼리 논다는 말이 실감난다. 정치자금해먹고 주고 정치범으로 죄를 받은 사람치고 그 죗값을 다 치른 사람의 이야기를

들어본 적이 없다. 지금 줄줄이 굴비 역이듯이 붙들려 가지만 얼마 않있어 제왕의 말 한마디면 사면이라는 특명으로 다 풀려난다.

냄새나는 곳에 똥파리 모이듯이 냄새를 풍기기 때문에 똥파리가 모이는 것이다. 또한 똥파리 모이는 곳에 가면 똑같은 똥파리가 되는 것이다. 콩을 심어 놓고 팥 날때를 기다리지 말자. 우리 국민들이 콩을 심은 죄도 있다. 이제는 우리 국민들이 진정으로 콩과 팥을 가려서 심어야 되겠다. 그리고 콩의 종자는 콩으로서의 사명을 다해야지 킹콩으로 변한다든지 방콩(공산주의자)으로 변해서는 안 된다. 킹콩이란 놈은 잡식성이 되어서 이것저것 닥치는 대로 다 먹는 습성이 있고, 주인(국민)도 몰라보고 해치고, 물어 죽이는 놈이며, 방콕(공산주의)은 우리나라가 6·25전쟁에서 수십만 명의 사상자를 낸 동족상쟁의 역사를 기억하듯이 사상적 문제로 국민적 갈등을 야기 시킬 수 있기 때문이다.

어느 노승이 '산은 산이요, 물은 물이다.'라고 한 말이 새롭다. 산이 물이 되고 물이 산이 되어서는 안 된다. 신문지상에는 진보니, 개혁이니, 보수니 하면서 공격을 가하고 있다. 조화調和를 이루어야 된다. 옛 것을 지킬 것은 지키고, 버릴 것은 버리고, 발전시킬 것은 더욱 발전시키고, 새롭게 할 것은 새롭게 해야 되며 너무 치우치지도 말고, 너무 넘치지도 말아야 되는 것이 조화인 것이다.

성경에 '심은 대로 거두리라.'라는 말씀도 있다. 국민들은 올바

른 씨앗을 골라서 심어야 되고, 자라는 씨앗은 씨앗으로서의 책
임을 다해야지 빨리 크기위해서 너무 많은 영양분(부정, 부패)을 빨
아들이면 탈이 난다. 배탈이 나면 반듯이 물 개똥을 싸야지, 그 고
통을 받지 않으려고 이약, 저 약 다 먹다보면 지랄병이 나서 혼이
나고, 심지어는 주위 사람(국민)들에게 엄청난 피해를 입힐 수 있
는 것이다.

　요 며칠 전 일간 신문지상에 '좋은 것이 좋은 것이다.'라는 논
평을 읽어 보았다. 이글을 읽고 우리 지역의 현실이 생각난다. 이
쪽도 좋게 하고 저쪽도 좋게 하다보면 발전이 있을 수 없다. 지도
자는 형평의 원칙에 입각해서 대의를 위해서는 소수가 희생되어
야 되는 것이 사회생활을 규범이며, 민주주의는 다수결의 원칙에
의해서 결정되어야만 된다. 그렇다고 소수의 의견을 완전 묵살하
라는 것은 절대 아니다. 최소의 희생으로 소수의 의견을 최대한
으로 수렴하여 정책을 펼쳐 나가야 되는 것이다. 그리고 나 개인
의 이기주의를 끝까지 관철시키려는 소수는 양보의 미덕을 보일
때 지역의 발전을 이룰 수 있는 것이다.*

양심적 병역거부

양심적이란 '良心'과 '養心'으로 구분할 수 있는데 良心은 '사물을 선악善惡과 정사正邪를 판단하고 명령하는 능력' 즉, 도덕적 의식을 말하는 것이며 養心은 '심성을 기르는 것'을 뜻하는 것으로 사전적 의미에서 찾아 볼 수 있다.

그러면 현재 사회적 논란이 되고 있는 양심적이란 종교적 의미에서의 良心的으로 해석할 수 있는데 모든 종교적 교리에서는 생명을 중시하고 있고, 人間은 누구나 태어나면서부터 맹자가 주장하는 性善說 즉, 본성이 착하다는 주장과 순자가 주장하는 性惡說, 본성이 악하고 이욕利慾이 강해서 교육을 함으로써 착해질 수 있다는 설이 있는데, 人間의 良心的 기준을 어디에 어떻게 어느 기준의 판단에 의해서 할 수 있단 말인가?

형사적 재판은 증거 재판임을 인지할 때 그 증거를 인간인 판사의 재량에 의해서 인간의 良心을 판단한다는 것이 타당하다고 볼 수 있는가? 지금 우리나라는 국민의 의무중에 국방의 의무를 헌법에 명시하고 있다. 그리고 어느 사회이고 간에 권리를 주장할 때는 의무가 수반되는 것이다. 의무가 없이 권리만을 주장한다면 이 사회는 구성될 수가 없는 것이다. 동물들의 사회에서도 그 동물들의 규범이 있어서 규범을 지키지 않으면 가혹한 피해를 당하는 장면을 '동물의 세계' 방송에서 보았다. 그리고 良心的이라는 기준으로 모든 재판을 한다면 도둑질을 한 사람이 정말 배가고파서 도둑질을 했다고 가정해보자. 배가 고픈 것이 죄가 될 수는 없는 것이다. 도둑질을 하고 싶은 마음은 없었는데 신체적 배고픔의 良心에서 도둑질을 해야 한다고 명령을 받아서 도둑질을 했을 뿐이라고 주장한다면 과연 그 현명하신 판사님은 어떤 판결을 내리실 것인지 모르겠다.

우리 젊은이들은 군에 가지 않는 주위 친구들을 '신神의 아들'이라는 표현으로 부러움의 대상으로 생각하는 젊은이들이 많이 있다. 지금 우리 사회는 남이 하지 않는 행동과 남(다수)이 못하는 언행을 하면 튀는 사람이 되는 경향이 있다. 즉, 매스컴을 타고 TV화면에 자주 등장하다보면 정계에 발을 붙일 수 있는 기회가 생긴다.

지금 양심적 병역거부에 대해서 무죄를 선고한 판사님이 이와 같은 마음을 갖고 판결을 했을 것이라고는 생각하지 않는다. 그러나 대한민국의 건전한 남자들은 군에 갔다 온 것을 무척이나 자랑스럽게 생각하며 자부심을 갖고 있다. 그런데 군에 가는 것을 국민의 의무이기에 할 수 없이 가는 것이지 마음에서 우러나와 가고 싶어 가는 사람이 그리 많지는 않다. 그러기에 갖은 수단방법을 가리지 않고 군에 가지 않는 길이 있으면 손가락을 자르고, 수술을 하고, 별의별 짓을 다하고 있는 것이 아닌가? 그리고 이 국가를 그러한 종교적 집단체제의 종교인들로만 구성되어 있다면 이 나라를 누가 지킬 것인가? 그리고 소수이기 때문에 그런 판결을 한 이유로 들었는데 사회는 악한 사람보다 선한 사람이 더 많이 있기 때문에 국가가 존속할 수 있는 것이다. 소수의 의견을 존중하는 것이 민주주의이기는 하다. 그러나 소수의 나쁜 사람들과 소수의 나쁜 마음을 갖고 있는 자들까지도 용서하고 구제하다보면 이 국가는 무정부상태가 되고 종국에는 치욕의 준엄한 역사적 심판이 있다는 것을 알아야 되겠다.

'양심적 선언'이라는 말을 요즘 많이 쓰는데 이것은 나쁜 무리들 속에서 나쁜밀약으로 타인의 자유와 인권을 유린시켜 개인과 집단의 사리사욕에 치우치는 것을 막기 위하여 그 무리들 속에서 뛰쳐나와 양심에 우러나와 타에 알리는 행동을 말하는 것이라고 생각한다. 지금 양심적 병역거부는 자기의 개인과 한 집단의 종교적 이기심에 의해서 거부하는 것이라고 생각된다. 그리고 '良心' 이라고 해석하지 말고 '養心'이라고 해석하여 그 자에게 너가 있기에 나가 있다는 心性 길러 주었으면 한다.*

理와 氣싸움을 멈추어라

국어사전에 理는 도리, 이치, 깨닫다, 고치다. 라고 해석하고 있고, 氣는 기운, 기체, 자연현상이라고 풀이하고 있다.

이기론理氣論에서 理를 형이상자形而上者라 하고, 氣는 형이하자形而下者라고 하는 까닭은 人間이 살아가는데 人本주의 사상에 입각하여 우선 理를 먼저 취하면 氣는 자연적으로 따라올 수 있다는 퇴계이황의 주리적이기관主理的理氣觀에 입각하여 심즉리心卽理, 인간의 마음은 곧 理라고 하는 것과 같이 인간은 理를 갖추고 태어나는데 氣에 있어서는 자연현상이 아니라 퇴계선생이 말씀하셨듯이 배가 고파서 밥을 먹는 것은 善이라고 할 수 있는데, 밥을 먹는 방법론에 있어서 장소도 가리고, 시간도 가리고, 여러 가지 조건을 보고 먹어야 되는데 무조건 배가 고파서 먹고 본다는 식으로 먹었다면 그것은 죄가 될 수 있는 것이다.

그런데 요즘 각종 언론매체에서 떠들고 있는 양심적이란 해석과 민주화 투쟁이라는 해석에 있어서의 논리적 이론은 평범한 나와 같은 사람으로서는 이해가 가지 않는다. 소위 혁신파, 진보파라는 사람들은 배가 고파서 밥을 먹은 자는 도둑질을 해서 밥을 먹든, 있는 자에게 빼앗아 먹든 그것은 죄가 아니라 배가 고파서 먹었기 때문에 양심적이며 민주적의사라는 표현과 다를 바가 없다.

6·25전쟁 당시에 공산주의자들은 우리 민족을 얼마나 희생시켰나? 그리고 현재 북한 체제에서 살고 있는 우리 민족은 얼마나 많은 고통 속에서 굶주리고, 헐벗고, 기아에서 죽어가고 있는가? 그것은 공산주의라는 사상적 대립에서 빚어졌고 빚어지고 있는 비극이다. 이 비극을 만든 장본인들은 철두철미한 공산주의 사상에 물든 김일성과 김정일 두 부자의 유일사상 때문인데, 그 사상에 물들어 사상의 전향을 하지 않고 간첩활동을 했던 자들을 민주화투쟁의사라고 한다면 6·25전쟁 당시에 국가와 민족의 운명을 건지고자 이름 없이 산화한 애국자들은 전부가 반 민주화투쟁의사들이란 말인가? 그리고 현재 국방의 의무를 마친 650만 예비군과 60만 장병들은 전부가 반 민주화투쟁의사이고, 비양심적인 사람들인가? 이해할 수 없고 용납할 수 없는 사상적 논쟁을 하고 있는 자들의 작태를 보고 있노라면 십 년 전에 먹었던 음식이 물이 되어 올라오는 기분이다.

그런데 이상한 것은 그들은 북한 김정일 도당들의 그 잔악성에 대해서는 일언반구도 못하고 오히려 그들의 눈치만 살피고 있고 그저 악수만 한 번 해주어도 황송하고 고마워서 어쩔 줄을 모르고 있는 모습은 정말 꼴불견이다. 누군들 진보적인 것, 혁신적인 것을 바라지 않고 또 하지 않으려는 사람이 있겠는가? 이제는 理와 氣싸움을 하지 말고, 하려면 진정으로 사상가들답게 퇴계와 율곡 선생님과 같이 학문적으로 다투어야 한다.

주리기발主理氣發이 되든 주기리발主氣理發이 되든 학문적 사상 논쟁을 해야지 국민을 볼모로 인간의 생사를 좌우할 수 있는 극단적 논쟁의 피해 주기를 간절히 바랄뿐이다. 그리고 맹자가 말하기를 인간에게는 4가지 마음이 있다고 했다. 측은지심惻隱之心, 수오지심羞惡之心, 사양지심辭讓之心, 시비지심是非之心이 그것이다. 우리는 이것을 항시 적절하게 표현하고 나타낼 대 이 세상은 살기 좋은 세상이 될 것이며, 우리 민족의 숭고한 정신은 현명한 지도자의 지도력에 다라서 새마을 운동으로 세계에서 가장 빠른 시일에 경제대국으로 도약했고, 광개토대왕 시절에는 동아시아의 시베리아와 만주대륙을 지배했던 어느 세계 민족보다도 탁월한 민족이라는 자부심을 갖고 이제는 흑백논리에서 벗어나야 되겠다.*

송덕비頌德碑와 공덕비功德碑를 세우자

우리 동양 사상은 세습적, 이기주의적인 정신사상과 씨족사회 중심사상이 강하기 때문에 자손에게 모든 것을 물려주려고만 한다. 옛 속담에 '재산을 물려주면 삼대를 못 간다.'는 말이 있다. 지금 우리 사회는 지도층과 재벌가들이 과연 이 사회를 위하여 얼마만큼 기여하고 있는가를 보라. 그리고 상속하는 과정에서 상속세를 포탈하기 위하여 전문적인 세무회계사와 변호사를 동원하여 합법적인 탈세를 자행하기 때문에 세법이 언제나 이들에게 뒤통수를 두들겨 맞고 있는 셈이다. 이제는 모든 것을 법의 규제로만 하지 말고 도덕적 의식을 고취시키고 국가관과 향토심을 불러일으킬 수 있는 방법을 찾아야만 되겠다.

얼마 전에 방송국에서 방영되었던 노블레스 오블리지(Noblesse

Oblige운동) '높은 신분에 다른 정신적 의무. 즉, 도덕적 행동'을 유발시키자는 운동이다. 우리 조선시대가 오백년의 역사를 지킬 수 있었던 힘은 유교정신에 입각한 유림사상과 선비정신이 있었기에 가능했던 것 같다. 부와 권력은 거름과 같아서 쌓아두면 악취를 풍기지만 뿌려주면 땅을 기름지게 한다는 톨스토이의 말과 같이 욕심은 금물인 것이다.

며칠 전 교회 목사님께서 '죽음'에 대해서 설교하신 말씀이 생각난다. 인간의 최후는 죽는 것이다. 그런데 죽은 후에 반드시 심판이 있다는 것을 사람들은 잘 모른다. 교회에서는 천당과 지옥의 심판이요, 불교에서는 극락과 지옥이라는 종교적 합일 점을 찾을 수 있고, 사회와 도덕적인 측면에서는 역사적 심판이 있다는 사실을 알아야 된다. 혹자는 나 같은 범부에게는 해당이 되지 않는다고 할지 모르지만 우리나라 각 고장에는 공덕비와 송덕비를 세워 놓은 곳을 흔히 볼 수 있다. 나의 조상이 내 고장에 이러한 비가 세워졌다면 그 자손들은 천금을 물려준 것보다 천만배의 자긍심을 가질 것이다. 반면에 우리 아버지나 할아버지는 고리대금업자로, 폭력으로, 부동산투기로, 권력으로, 사기로, 일본의 앞잡이 등 여러 가지 부정과 비리로 재산을 물려주었다면 자자손손 남에게 손가락질 당한다는 것을 알아야 된다.

지금 우리 지역에서도 각종 투기와 비리와 부정한 방법으로 재산을 모아 졸부 행세를 하는 사람들이 있는 것 같다. 옛말에 '개같이 벌어서 정승같이 써라.'는 말이 있지만 개같이 모은 재산일

지라도 잘못을 깨닫고 뉘우쳐서 회개하여 사회에 봉사하고 환원하면 심판의 대가를 치를 수 있을 것이다. 그리고 이제 우리는 자신의 가슴에 두 손을 얹어 놓고 양심에 물어보자. '나의 재산은 정말 온전히 모은 것인가? 내 자신의 노력으로 번 것인가? 내 조상이 어떻게 모은 것인가?'를 그리고 재산이 없는 사람은 원망만 하고 한탄만 할 것이 아닐 '나는 남과 같이 노력했는가? 허황된 꿈은 없었는가? 정말 근검절약하였는가?'하고, 그러나 인간은 누구라도 죽음을 피해갈 수는 없다. 그리고 태어나는 순서는 있어도 죽음에는 순서가 없는 것이다. 그러기에 인간은 누구라도 반드시 죽는다는 진리를 알아야 되고 반드시 심판이 있다는 것을 알아야 된다. 이제 우리고장 설봉산 입구에 송덕비와 공덕비가 즐비하게 서 있는 모습을 볼 수 있기를 기대해 본다.*

사단칠정四端七情

사단칠정四端七情은 人間의 기본정신이다. 사단事端은 仁, 儀, 禮, 智를 밀함이며, 사단은 나시 말해서 사단지심事端之心이라고 말할 수 있는데, 측은지심惻隱之心은 남의 딱한 사정을 측은하게 여길 줄 아는 마음이며, 수오지심羞惡之心은 불의를 부끄러워하고 불신을 미워할 줄 아는 마음이고, 사양지심辭讓之心은 사양하여 겸손할 줄 아는 마음이고, 시지비심是非之心은 옳고 그름을 가려서 판단할 줄 아는 마음인 것이다.

칠정七情은 희喜, 노怒, 애哀, 락樂, 애愛, 악惡, 욕慾의 일곱가지 인간의 감정을 말한 것인데, 지금 우리 삶의 전부는 경제적인 측면에서만 모든 가치와 기준을 두고 있는 것 같다. 정치도 돈이 있어야 되고, 공부도 돈이 있어야 되고, 권력도 돈이 있어야 주어질 수 있고, 결혼, 신앙, 효도, 친구, 모임, 기타 모든 것이 돈이 있어야만 쉽게 이루어질 수 있고, 풀릴 수 있는 세상이다. 이렇게 되다 보니 이 세상에서 정말 의인은 찾아보기 힘들고 모든 인충들이 남녀노소를 막론하고 돈과 권력을 잡으려고 수단 방법을 가리지 않고 자식이 부모를 죽이고, 부모가 자식을 버리고, 어제의 친구가 오늘은 적이 되고, 젊은 청소년들이 어른을 공경해야 한다는 생각은 사라진지 오래고, 스승이 노동자처럼 되려고 집단으로 데모하니 선생님 알기를 이웃집 아저씨만도 못하게 여기고, 머리에 붉은 띠를 두르고 소리만 치면 고관대작들은 목이 떨어질까 봐 벌벌 떨고, 민선의원, 자치단체장들은 표 떨어질까 봐 이 눈치 저 눈치 살피느라 민생은 뒷전이다 보니 돈 있는 사업가 어느 미친 사람이 내 돈 내고 기업하려고 할 것인가? 2만불 3만불은 주둥이로만 사탕발림하려고 하다보니 민심은 천심인 것을 진정 그들은 모른단 말인가?

대기업 직원 평균 연봉이 5000만원이나 되는데도 회사가 부도가 나던말든 내 몫만 챙기면 그만 이라는 생각이다 보니 연봉 1000만원도 못되는 중소기업 직원들은 목구멍이 포도청이라 어디다 하소연 할 길도 없는 신세들인데, 공무원들도 덩달아 공무원 노조를 만들어 민초들의 생활고는 아랑곳하지 않는구나! 개혁도 좋고, 통일도 좋고, 민주도 좋고, 전부가 좋고 좋은 것인데 제발 이제 이 좋고 좋은 것을 위하여 수단방법을 가리지 않는 행동은 말아야 되겠다. 이제 四端七情의 인간으로서 기본정신을 깨닫고 사업주나 노동자, 공무원이나 국민, 여당이나 야당, 모두가 흑백의 논리로만 따지려하지 말고 흑과 백이 어울려 살아갈 수 있는 방향을 찾아야만 되겠다. 이를 위해서는 인간의 입곱 가지 감정을 네 가지의 지심으로 잘 다스려 물질만능이 아니라 초가삼간 집에서 모닥불 피워놓고 부모형제자매 오순도순 옛이야기 나누며, 정을 나누는 진정 우리민족의 모습으로 돌아가 보자.

우리가 진정으로 질적, 물질적인 것을 소유하는 것은 우리가 줄 수 있는 것이며, 그렇지 않을 경우는 우리는 소유자가 아니라 소유당한 자 일 뿐인 것을 인식하고 내가 누군가를 미워하고 원망하기 전에 내 자신을 반성하고 '내 탓이요'라고 했을 때 우리 사회는 명랑하고 신뢰할 수 있는 사회가 될 것이다. 이제 우리지역 설봉산 정상에서 사단칠정의 인간의 감정에 횃불이 활화산처럼 타오리기를 기대해본다.*

이실직고以實直告

　이실직고以實直告의 뜻은 바른대로 고함이라고 국어사전에 씌어 있다. 요사이 신문지상을 보고 있노라면 참말을 한 사람은 손해를 보고 거짓말을 하고 있는 사람은 이득을 보고 있다는 생각이 든다. 그 중에서도 일반 시민들이 조그만 잘못과 거짓말을 하면 각종 규율과 법에서 가혹하리만큼의 제제와 규약을 받고 있는데 반해서 정치인들이 하는 짓거리들은 삼척동자가 들어도 다 아는 거짓말을 하고 있는데도 어물쩍 넘어갔고, 또 넘어가고 있다. 그런데 마음에 와 닿는 행동을 한 국회의원이 있어 신선한 충격을 주고 있다. 그 의원은 양심적으로 정치자금을 받는 것과 사용금액을 솔직하게 밝혔다.

　법에서는 이실직고以實直告했다고 죄 값을 주고 있는 것이다.

나 같은 우둔한 머리로는 이해가 잘 가지 않고 무엇인가 가슴이 답답해져 오고 있는 것은 나만의 생각인지 모르겠다. 나는 이제 앞으로 나의 손주들에게 인간이 살아감에 참말을 하라고 해야 할지 거짓말을 하라고 해야 할지 어느 쪽을 택할지 조금은 망설여진다. 그러나 나는 참말을 해야 한다고 가르치련다. 이 세상에서 남을 속일 때 다 속인 것 같지만 하느님과 자신의 양심만은 속일 수 없다는 것을 알아야 한다.

요즘 지상파 방송이나 각종 매스컴에서 너무나 인간 이기주의 면에서만 모든 선전, 선동활동을 하고 있는 것 같다. 인간이 살아가는 데는 먹는 것과 쾌락만으로만 사는 것은 아닐 것이다. 기성인들이 어떻게 행동하느냐에 따라서 어린 청소년들은 그 모습을 보고 배울 것이다. 내가 어릴때만 해도 춥고 배고픈 시절이였지만 인간미가 넘치는 내고장이었고, 내 이웃이었다. 그리고 최소한 어른에 대한 공경과 친인척간의 우애가 있었다. 그러나 지금은 진정한 친구를 찾아보기 힘들고 효자효부를 찾기 어렵고, 형제간과 친인척간의 우애도 예전과 같지는 못하다.

사극영화에서 보면 죄 있음에도, 죄 없음에도 이식질고以實直告하라고 사또나리들이 호통을 치는 장면을 종종 볼 수 있다. 그 가운데는 고문에 못 이겨 허위자백을 하는 사람들도 볼 수 있고, 의리와 신의에 입각해서 버티는 사람들도 있다. 그러나 지금은 자신에게 불리하면 입 다물고 물귀신 작전까지 동원해가며 남을 걸고 들어가는 추태를 볼 수 있다.

　이제는 변화된 삶을 살아야 되겠다. 저번 주일에 목사님의 설교 말씀이 생각난다. 변해야 되는 것에는 3가지가 있다.

　첫째, 생각이 변해야 된다. 가치관이 변해야 된다는 것이다. 둘째, 마음이 변해야 된다. 이웃과 사회를 사랑하는 마음으로 변해야 된다는 것이며 셋째, 지갑이 변해야 된다. 물질에 대한 인식이 변해야 된다.

　지금 우리 지역에 전철이 들어오는 문제에 있어서도 내 집앞은 소음 때문에 지나가면 안된다. 내 집 앞으로 지나가야만 땅값이 올라가기 때문에 지나가야 된다는 등 모든 문제를 나 개인의 기준을 도고 가치 판단을 하기 때문에 물질적, 시간적 손해를 보고 있는 것이며 인정미가 살아지고 있다.*

쌀 한톨의 소원

　요사이 봄 날씨가 예년과는 달리 봄비가 너무 자주 내려 농부들의 이마에 주름살이 이는 것 같다. 환경문제에서는 황사 현상이 봄비로 인해서 우리나라까지 미치지 못해 비온 뒤의 청명함은 예년보다 훨씬 깨끗하고 맑게 보이긴 한다. 그런데 농부들이 쌀 한 톨을 생산하기 위해서는 백여 번의 손길이 가야만 된다고 하는데, 금년에도 비가 너무 잦아 쌀 한 톨을 생산하기 위해서는 자연의 섭리와 인간의 힘든 사투가 있어야만 될 것 같다.

　이제 국제적으로 미국과 이라크와의 전쟁도 끝이 났다. 그러나 중동지역과 아프리카 지역에서는 기아에 굶주려 죽어가는 인류가 일년에 수십만 명이라고 한다. 그런데 우리는 지금 쌀 한 톨의 소중함을 알고 있는가? 그리고 우리나라에서는 우리의 동포인 북한 동포들을 위해서 수십만 톤의 쌀을 북한에 보냈다고 한다. 우리 국민 각자들이 각종 단체와 모임에서 북한 동포들의 굶주림을 보다 못해 쌀 한 톨씩을 모아서 보낸 것이며, 그 쌀 한 톨 속에는 어린 초등학생들의 코 묻은 돈에서 80~90 노인의 쌈짓돈들이 모여서 통일되는 그날까지 죽지 말라고 소원을 빌면서 보낸 것인데 과연 그들은 우리가 보낸 쌀 한 톨 속에 담긴 소원을 알고 있는 것인가? 특히 우리 이천지역은 우리나라 아니 전 세계에서 으뜸가는 품질의 쌀을 생산하고 있는 쌀의 고장이기도 하다. 그래서 우리 이천지역 사람들은 쌀의 소중함과 쌀에 대한 애착이 타 지역 사람들보다 더하다. 나도 농부의 아들로 태어나 농촌에서 성장했기 때문에 초등학교 시절에 모내기도 해 보았지만 특히 생각나는 것은 벼를 베고 난 뒤에 벼이삭을 꼭 주워야만 했는데 지금은 그런 광경을 보지 못했다. 또한 아버님과 밥상을 같이하며 식사를 할 때 밥풀(쌀 한 톨)하나라도 떨어트리면 주워 먹어야 되고, 남기면 혼쭐이 났던 것을 40대 이상의 사람들은 겪었을 것이다. 그런데 지금 어린아이들과 20~30대의 사람들은 쌀의 소중함을 아는 사람들이 얼마나 되는지 모르겠다.

인간들은 풍요함속에서는 양보다는 질을 우선시하고, 배고픔이 없어지니 맛과 건강을 우선시하여 음식점에서 음식을 남기는 것이 다반사다. 나 역시 집에서 음식이 먹기 싫을 때 쌀 톨이 들어 있는 것을 버리는 경우가 종종 있다. 하기야 먹기 싫은 음식을 억지로 먹다가 병이 되는 것보다는 남기는 것이 더 낳을 수 있다. 이

러지 않기 위해서는 식생활 문화가 개선되어 먹을 만큼 적당히 식
단을 차려서 식사하는 습관을 길러야만 된다. 그리고 쌀 한 톨에
대한 소중함을 잃지 말아야 되겠다.*

사지四知

사지四知란 후한서 양진열전에 어떠한 사람이 한 벼슬아치에게 밤에 금金 열 근을 들고 와서 '어두운 밤이니 아무도 모를 겁니다.'라고 말하면서 뇌물받기를 청하자 그 벼슬아치는 '하늘이 알고, 귀신이 알며, 내가 알고, 당신이 아는데 어찌 아무도 모른다고 하시오.'라고 말하면서 거절했다는 고사의 이야기에서 온 유명한 말이다.

즉, 하늘, 귀신, 나, 당신 이렇게 넷이 알고 있는데, 아무도 모른다고 하는 것은 상식에 어긋난 생각임을 일깨워 준 이야기다. 뇌물을 주고받고 하는 것은 동서고금을 통하여 예나 지금이나 변함없이 이어져 내려오고 있는 전통과도 같은 악습임을 누구나 인식하고 있지만, 그 뇌물을 뿌리칠 수 있는 사람은 그리 많지 않은 것 같다.

뇌물賂物이란 사전적 의미에서는 '사사로운 이익을 얻기 위하여 권력자에게 몰래 주는 제물'이라고 풀이하고 있다. 그러니 사사로운 이익이 아니라 다수를 위하고 국민과 백성을 위해서 주는 것은 뇌물이 아니라는 뜻이기도 하다. 그러나 대부분 사람들은 자신의 명예와 부를 위해서 뇌물을 건네주고 받고 한다. 반면에 인정人情으로 선물을 주고받는 행위가 뇌물 청탁으로 변하여 사회악으로 변질 된 것이다.

어느 신문에서 인간이 한평생을 살아가는데 필용한 돈은 10억 원이면 적절하다고 했다. 없는 사람에게는 이것은 엄청난 금액이고 있는 사람들에게는 '고까지것'이라고 할 수 도 있는 금액이다. 인간은 '빵'만으로 살수 없고 '명예'만으로 행복할 수 없듯이 행복이란 본인의 마음가짐에 있다. 위를 보고 노력하고 정진하되, 아래를 보고 생각하고 바라보면 뇌물의 유혹에서 벗어날 수 있으며 참된 인생을 마감할 수 있다고 본다. 이제 새로운 정부에 참여하는 모든 분들은 제발 뇌물청탁에서 자유로워져 더러운 오명을 쓰고 퇴임하지 말고 '호랑이는 죽어서 가죽을 남기고 인간은 죽어서 이름을 남긴다.'라는 우리의 속담을 가슴깊이 인식하고 '아무도 모르게 주는 것이다.'라고 하는 유혹에 넘어가지 말고 하늘이 알고, 땅이 알고, 내가 알고, 주는 당신이 안다는 것을 명심하고, 국민들이 걱정하고 있는 불신을 떨쳐 버릴 수 있게 임기동안만이라도 현재 신고한 재산 금액을 늘리려고 하지 말고, 오직 자신의 이름을 남기기 위해서 열심을 다해 줄 것을 당부해본다.*

공짜와 진짜

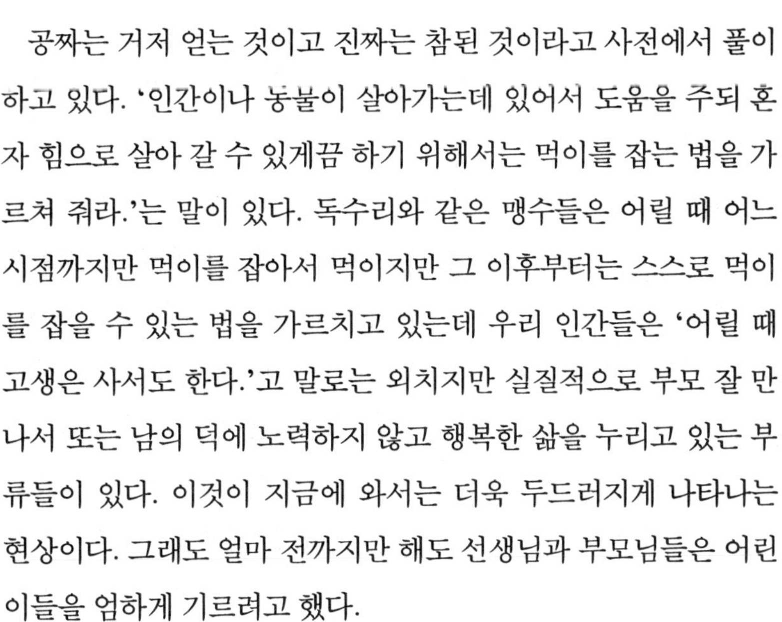

공짜는 거저 얻는 것이고 진짜는 참된 것이라고 사전에서 풀이하고 있다. '인간이나 뭇불이 살아가는데 있어서 도움을 주되 혼자 힘으로 살아 갈 수 있게끔 하기 위해서는 먹이를 잡는 법을 가르쳐 줘라.'는 말이 있다. 독수리와 같은 맹수들은 어릴 때 어느 시점까지만 먹이를 잡아서 먹이지만 그 이후부터는 스스로 먹이를 잡을 수 있는 법을 가르치고 있는데 우리 인간들은 '어릴 때 고생은 사서도 한다.'고 말로는 외치지만 실질적으로 부모 잘 만나서 또는 남의 덕에 노력하지 않고 행복한 삶을 누리고 있는 부류들이 있다. 이것이 지금에 와서는 더욱 두드러지게 나타나는 현상이다. 그래도 얼마 전까지만 해도 선생님과 부모님들은 어린이들을 엄하게 기르려고 했다.

　그런데 정치가들인 선동가들에 의해서 자꾸만 특권계층을 만들어 가난한 사람들에게, 장애인들에게, 비정규직 노동자들에게, 어느 지역 사람들에게 등 음과 양으로 나누어 양극화로 분열을 조직하여 권력을 잡으려는 크나큰 오류를 범하고 있다. 부자 자식들은 부모덕에 좋은 학원에 다니기 때문에 가난한집 자식들에게는 대학입학의 특혜를 주어야 되고, 비정규직노동자에게는 정규직원으로 해주어야 한다는 등 사람들에게 놀고먹고 노력하지 않아도 된다는 의식을 심어 주려는 것은 국민들의 정신세계를 혼란스럽게 만들려고 하는 짓으로 밖에 이해가 되지 않는다. 정책이라는 것은 어느 한 계층을 위해서 하다보면 고무풍선놀이와 같아 한쪽을 누르면 한쪽이 튀어 나오는 법이다. 고무풍선은 중심을 잡고 바람을 불어 넣어 골고루 부풀어 오르게 해야 하는데 한쪽을 누르고 다른 쪽이 튀어나오게 하면 터지게 된다는 이치와 무엇이 다른 것인가?

　가난한 사람들과 장애인들과 비정규직노동자들에게 사탕발림식의 선동을 해서는 안 된다. 이들에게 먹이를 잡을 수 있게 환경과 여건을 만들어 주어야 되고 경쟁의식을 심어주어야만 된다. 경쟁이 없는 사회는 소위 공산주의자들이 떠들어 대고 있는 얄팍한 속임수이었다는 것을 이제는 전 세계인들이 알고 있는 이론이다. 있는 자들 것을 빼앗아서 주려고 하기 전에 열심히 일하고 벌어서 스스로 나누어 줄 수 있는 여건을 조성해주고, 인식을 심어주어 국가와 사회는 혼자살수 없는 더불어 살아야만 된다는 것을 알게 하면 된다. 서구 선진국들과 같이 기업가들이 재산을 국가에 헌납 할 수 있는 사회여건을 조성하는 것이 가장 좋은 방법이다. 즉 노블레스 오블리지(Noblesse Oblige) 운동인 높은 지위나 상류층사람들이 도덕적(솔선수범) 행동을 할 수 있게 정신교육 운동이 우선되어야 된다고 본다. 즉, 국가관(애국심)을 확립시켜야만 되는 것이다. 국가가 있으므로 내가 존재할 수 있다는 신념을 주어야지 '나'라는 인식에만 집착하게 되다보니 부모자식, 친구, 이웃은 돌보지 않고 개인주의화 되어가고 있다. 하기야 '나'가 모여서 '우리'가 되고, '국가'가 되는 것이지만 국가에서 사회의 질서와 기강을 확립하고, 적의 침략으로부터 막아주어야만 '나'와 '우리'가 존재할 수 있다는 국가의 확고한 정책을 국민들에게 심어주어야만 국민들이 마음 놓고 생활할 수 있는 터전이 마련될 수 있다. 한국적인 리얼리즘(Realism) 가운데 '등 따숩고 배부르면 그만'이라는 말과 같이 배부름이 우선이고, 다음은 사회기강(안보·치안)이 확립될 때만이 민주화의 발전이 스스로 이루어 질 수 있는 것이다. 양극화는 잘못하면 봉건주의, 군국주의, 사회주의 등 몰락했던 역사로 다시금 되돌릴 수 있음을 깨달아야 된다. 국민들도 '공짜 좋아하다 대머리 된다.'는 우리 속담과 같이 공짜 좋아하지 말고, 진짜를 좋아해야 되겠다.*

긍矜과 회悔

채근담 전집 18절에 개세공로蓋世功勞 당부득일개긍자當不得一個矜字, 미천죄과彌天罪過 당부득일개회자當不得一蓋悔字라고, 뜻을 풀어보면 '세상을 뒤덮을 만큼 큰 공로도 '자랑 긍矜'자를 당해내지 못하며, 하늘에 가득 찰 만큼 큰 죄도 '뉘우칠 회悔'자를 당해내지 못하느니라.'하는 말과 같이 지금 많은 지도자들이 자기 자랑과 업적에 혈안이 되어 자신이 스스로의 공功을 내세워 뽐내기 때문에 이루어 놓은 공功마저 물거품으로 만들고 있는 모습을 볼 때 안타까움을 금할 수 없다. 그러기에 공功은 여러 사람과 아랫사람들에게 돌려야 자신이 돋보인다.

성경에 '오른손이 하는 일(좋은 일)은 왼손이 모르게 하라.'는 말씀과 같이 공功을 긍矜으로 받아들여 자신의 내면세계를 확립해야지, 겉으로 표현하여 공功을 자기 자신이 알리려고 하면 오히려 화가 온다는 것을 알아야 된다.

그리고 아무리 큰 죄를 저질렀다 할지라도 뜨거운 눈물을 흘리며 스스로 뉘우치고 마음을 고친다면 그 죄는 이제 사라진 것이나 다름이 없는 것이다. 그러기에 공자님 말씀에 과이불개過而不改 시위과의是謂過矣라고 잘못을 저지르고도 고치치 않는 것이 그것이 잘못이다. 라고 한 것과 같이 큰 잘못이든 작은 잘못이든 누구나 죄의 허물에서 벗어날 수 없는 것이기에 항상 자신이 살아오면서 자신이 행한 좋은 일에 대한 업적에 긍지矜持를 가지고 생활하고, 잘못한 일에 대해서는 진정으로 회개悔改하고 회사悔謝하는 마음을 가지고 사회생활에 임할 때 남에게 칭송을 받을 수 있는 것이다. 그런데 요즘 지도자급의 사람들은 자신의 잘못을 반성과 회개하지 않고 그것을 '아니다'라고만 하다가 검찰의 조사에 의해서 죄가 밝혀져 국민들로부터 원성을 들어 외면당하는 경우가 비일비재하게 나타나고 있다.

이제는 우리 국민들은 작게는 지방자치단체의원 선거에서 크게는 국가 최고 통수권자인 대통령 선거에 이르기까지, 나의 한 표가 얼마나 중요하고, 한 표의 참여가 소중한 것인가를 뼈저리게 깨달았을 것이다.

지도자들은 광이불요光而不曜라고 '빛이 있어도 빛내지 않는다.'는 노자의 말씀과 화광동진和光同塵에 유명한 명언名言을 가슴속에 새기여 국민들에게는 자신의 업적 자랑만을 늘어놓기에

급급하지 말고 자신이 잘못한 것을 '회悔'하고, 잘한 것은 '긍矜'
하며 국민들의 지적을 겸허하게 받아 들여 최선을 다해 줄 것을
당부해 본다.*

소즉득다즉혹少則得多則惑

　욕심이 적으면 만족을 얻고, 지혜가 많으면 매혹에 빠진다는 뜻이다. 욕심이 많으면 만족을 잃게 되며 사람들은 부귀와 권세에 대한 욕심 때문에 오히려 그 모든 것을 잃고, 심지어는 가장 소중한 몸과 마음마저 잃게 되는 경우가 다반사이다. 그리고 지혜가 많으면 도리어 인위적인 잔꾀를 부리고, 욕심이 생겨 마음과 몸이 고달프고 사람의 본성마저 잃고, 몸까지 망치게 되는 것이다. 요즘 우리 사회가 너무나 물질만능주의에 젖어 있어서 모든 것을 경제적인 측면으로만 기준을 삼으려고 하는 경향이 농후해져 있다.

　우리나라는 대통령을 비롯한 각 지방자치단체장을 선출한 기준이 지역사회에 대한 경제적인 발전을 할 수 있다는 정책을 내

걸었던 분들이 대부분 당선된 것 같다. 그런데 모든 세상만사가 다 그러하듯이 일에 대해서는 순서가 있고, 질서가 있고, 순리가 있어서 아무 탈없이 목표한 바가 이루어진 것만이 진정으로 값어치를 인정받을 수 있다. 그런데 이 모든 절차를 무시하고 밀어붙이기식으로 일을 추진하게 되면 많은 부작용이 뒤따르게 되어 조그마한 불씨가 큰 화재로 번지듯이 더 큰일을 못하고 중도에 그치게 되는 경우가 종종 있게 된다. 곡즉전曲則全 굽은 나무는 수명을 다 누린다는 뜻과 같이 너무 곧게만 자라게 되면 사람들이 기둥과 석가래용 목재로 사용하기 때문에 수명을 다하기 전에 베어지게 되는 것과 같으며, 왕즉직枉則直 구부려야 곧게 필수 있다는 자벌레의 율동은 더 크고 더 넓게 가기위하여 굽힐 때 굽히면 더 크게 움직일 수 있다는 노자의 말씀과 같이 자신의 고집만을 앞세우지 말고, 다수의 의견을 청취하고 소수의 의견과 내 의견과 견해를 달리하는 내용일지라도 경청하고, 이해시키고 설득하여 일을 추진하여야 모든 세상만사가 화평하게 될 수 있다.

우리는 너무 앞만 보고 뛰어 왔고 내 자신만을 위해 옆과 뒤도 돌아보지 않고, 오직 자신만의 의견과 생각만을 고집하여 흑. 백 논리와 양비론과 음과 양과 같이 양극화되는 사회로 되어지는 상황이 불안함과 걱정스러움을 금할 수 없다. 그러하다고 토론과 대화와 옳고 그럼에 시시비비를 가리지 말라고 하는 것은 절대 아니다. 대화와 토론을 통하여 자신의 의견과 틀리더라도 합의점을 찾아 조금 양보하고, 이해하며 내 자신과 나의 집단의 이익만을 앞세우지 말고, 공동의 이익을 위하여 모든 일을 처리해 나간다면 이사회와 이 고장은 이 국가는 더욱 발전되고 평화로운 세상으로 변해질 것이다.

그리고 칼날을 너무 날카롭게 갈면 아무리 잘 간수하려고 해도 무디어 질 수 있어 오래 보전하지 못한다는 이치와 같이 알맞게 애초에 조금 무디게 갈아서 어느 정도 굴려도 오래 유지할 수 있도록 하는 것이 상책인 것이다. 우리지역 이천에서도 원로회라는 명칭으로 지역사회의 제반현황을 시장님께서 참여하여 열린 자세로 경청한다는 소식을 접하고 정말 잘한 일이라는 생각이 든다. 온고지신溫故知新이라고 옛것을 익히고 나아가서 새것을 안다는 고사 성어와 같이 윗사람과 선배들의 고언을 청취하여 시정에 반영하려고 하는 시장님의 방침에 환영하는 바이다. 그리고 원로 분들께서는 학언, 지연 등을 떠나서 진정으로 우리 이전지역을 위해서 충심어린 고언을 할 것으로 믿어 의심치 않지만, 혹여 라도 자신의 뜻만을 고집하고 불의와 동조하는 행동을 취할 때는 이들을 바라보는 시민들의 눈총은 따가워질 수 있다는 것을 항시 명심해야 할 것이다. 개인이나 지도자나 小則得하고 多則惑한다는 노자의 말씀을 명심하고 민. 관이 힘을 합할 때 우리 고장은 참다운 발전을 이룩하리라 믿는다.*

화장실 청소하는 것도 교육이다.

공중도덕과 공공질서를 지키는 교육은 학교와 가정에서 초등학교 때부터 교육시키어 인간의 원초적 본능인 것처럼 길들여져야 된다고 본다. 요즘 우리 사회는 자녀들을 한 명 내지 두 명 정도 밖에 두지 않아서인지는 몰라도 지나칠 정도로 보호하려고 하는 경향이 있다. 예나 지금이나 내 자식 귀엽지 않은 사람이 있으랴만은 과잉보호는 오히려 의타심만 부추기고, 창의성과 독립성이 결여 될 수 있는 것이다.

지금의 어린 유치원생들과 초등학생들은 전부가 천재인 것 같다. 도저히 나로서는 상상할 수 없고 생각할 수 없는 말과 행동을 서슴없이 하고 있다. 내가 자랄 때와는 모든 환경과 여건이 많은 차이가 있다는 것은 사실이다. 그러나 인간의 삶과 역사의 흐름은 예나 지금이나 미래에도 진정한 삶의 가치만은 일치한다는 것을 알아야 되겠다. 옛말에 '말 타면 종 부리고 싶다.'라는 속담과 같이 인간은 한없는 편안함과 부와 권력을 누리고 싶어 한다. 그것 때문에 자신의 삶이 성공이냐 실패냐의 판가름을 받는 것이다.

지금이야 말로 어릴 때부터 인성교육이 절대로 필요한 때이다. 내가 모 초등학교 운영위원으로 활동하고 있는데 부족한 점이 많아서 별 도움은 주지 못하고 있다. 그런데 예산, 결산 집행을 위한 회의를 하는 도중 화장실청소를 용역을 시켜야 된다는 여선생님의 의견이 있어 갑론을박한 적이 있다. 그 여선생님은 고사리손 같은 연약한 어린아이들이 비위생적인 화장실 청소를 하는 것을 보고 안쓰럽게 생각하여 사랑스러움이 넘쳐서 한 발언인 것이라고 생각했다. 그런데 모 초등학교에서는 학부형이 찬성하어 용역업체에 의탁하여 화장실 청소를 하고 있다는 이야기를 듣고 나는 나의 귀를 위심하지 않을 수 없었다. 나는 그 말이 거짓이기를 기대한다.

어린 초등학생들이 화장실 청소하는 것이 안쓰럽고 불쌍해 보인다면 억지로 이 과목 저 과목 과외 시키며 하기 싫은 그 모든 것을 부모의 강요에 의해서 하는 모습은 어떻게 변명할 것인가? 그 아이를 성공시키기 위해서라고 할 것이다. 그렇게 자란 아이가 과연 이 사회의 구성원이 되어 사회 저변에 있는 아픔과 슬픔과 고단함과 인생의 참 기쁨과 참사랑을 알 수 있을까를 생각한다면

우리가 해왔던 화장실 청소 정도는 학교에서만이라도 시키는 것
이 참교육이 아닌가 싶다. 만약에 그 여선생님이 어린 학생들에
게 인기를 얻기 위한 발언이었다면 선생님으로서의 자격상실인
것이다. 돈 많은 지역의 학교와 돈 없는 농어촌 지역의 교육의 방
법이 틀리기 때문에 무슨 직군 지역의 땅값과 아파트 값이 천정
부지로 오르고 있는 것이다. 이제 우리는 어린아이들이 공중도덕
을 잘 지킬 수 있는 교육을 위하여 안쓰럽고 불쌍해 보이더라도
이 사회의 참 질서를 위하여 화장실 청소만이라도 해보는 습관을
길러주어야 되겠다.*

무궁화 꽃이 피었습니다.

동네 꼬마들이 햇볕 든 담장 밑에서 눈을 감고 '무궁화 꽃이 피었습니다.'하고 술래잡기 놀이를 하고 있는 모습이 오늘따라 유난히 너무 아름답고 정겹다고 느끼면서 기성세대인 내가 부끄러움을 감출 수가 없음은 무엇 때문일까? 어린이들의 술래잡기 놀이인 '무궁화 꽃이 피었습니다.'라는 놀이 규칙은 술래가 눈을 감고 '무궁화 꽃이 피었습니다.'하고 뒤를 돌아보면 발자국을 떼어 놓은 아이가 들키면 끄집어내어 술래를 모면하는 놀이다. 심판이 있는 것도 아니어서 움직인 아이가 나는 안 움직였다고 우겨대면 판단하기가 곤란하다.

그런데 우리가 어릴 때는 자신을 속이지 않고, 본인이 움직인 것을 시인하는 것이 철칙이었는데, 어제 내가 지켜본 아이들 예닐곱 명의 놀이는 그렇지 않았다. 한 아이가 분명히 두발 짝을 움직이다가 술래에게 들키었는데 그 아이는 안 움직였다고 우겨대는 것이다. 옆에 있는 아이들 중에서도 두 갈래, 세 갈래로 편이 갈라져서 움직였다는 아이가 3명, 움직이지 않았다는 아이가 3명, 아무 말도 없는 아이가 2명이었다. 술래는 움직인 아이에게 진짜 움직였다고 큰소리를 치지만 움직인 아이는 이쪽저쪽을 바라보면서 '안 움직였지', '안 움직였지, 그렇지!'하면서 자신이 빠져나가려는 모습이 얄밉다 못해 가련하게 보였다. 술래는 분을 참지 못하고 아이들에게 증명해 줄 것을 요구했지만 3:3의 비율이기 때문에 판결이 나지 않는 것이다. 그래서 술래는 나에게 쫓아와서 '아저씨! 아저씨가 판단해주세요. 다 보고 계셨기 때문에 잘 아시잖아요.'하면서 나에게 판결해줄 것을 간절히 요청하는 것이다. 나는 잠시 생각하다 어느 편을 들까? 분명히 움직인 아이를 보았는데 내가 여기서 솔직하게 말해주면 요새 소위 아이들이 말하는 저 아이가 '왕따'를 당하지 않을까? 하는 생각이 들자 나는 '응, 그래 아저씨는 그때 잠시 눈에 무엇이 들어가 눈을 감고 있었기 때문에 보지를 못했어.'하고 발뺌을 하고 말았다. 술래는 분하지만 할 수 없이 씨익 웃고 '무궁화 꽃이 피었습니다.'하면서 계속 술래잡기놀이를 하고 있는 모습을 뒤로하고 나는 발길을 옮기었다.

　나는 저녁 잠자리에 들어서 낮에 아이들의 놀이가 자꾸 생각이 나서 잠을 이루지 못했다. 내가 한 행동이 잘한 것인가? 잘못한 것인가? 나의 머리는 복잡하게 움직였다. 그런데 그것은 분명히 내가 잘못한 행동이었다. 저 아이들이 저런 놀이문화에서 기성인들의 싸움질하는 행동을 보고 저런 판단들을 하고 있는 것이 아닐까? 하는 생각이 들었다.

이제 나는 진짜 무궁화 꽃이 활짝 핀 우리 삼천리금수강산을 만들 수 있는 길은 양심을 속이지 않는 놀이 문화가 순수하게 정착되기를 기대하며 이제 삼천리 방방곡곡 골목길에서 어린아이들의 '무궁화 꽃이 피었습니다.' 소리가 들려오기를 기대하면서 살포시 얼굴에 미소를 지어보며 설봉산 기슭을 거닐어 본다.*

5분 먼저 5분 늦게

5분이라는 제목을 생각하고 시간이라는 단어를 국어사전에서 찾아보니 어느 때부터 어느 때까지의 사이라고 풀이하고 있다. 그리고 불교계에서는 마음心과 색色이 합친 경계라고 하고 있다. 또한 色이란 불교계에서는 색계色界, 색법色法, 색상色相이라고 하는 것과 같이 시간은 마음에 생각하고 있는 기준점을 나타내고 있는 것 같다.

5분 먼저 남보다 일찍 출근하고, 5분 먼저 약속시간에 일찍 나오고, 5분 먼저 일을 마치고, 5분만 남보다 더 일하고, 5분만 더 참고, 5분만 더 남보다 늦게 퇴근하면 모든 인간사 생활에서는 남에게 손가락질 받거나 사고가 일어나거나 하지는 않을 것이다. 교통안전 표어에 '5분 먼저 가려다 50년 먼저 간다.'는 말과 같이 현재를 살아가고 있는 우리들이 5분 때문에 큰일이든 작은 일이든 그릇될 때가 많은 것 같다. 예를 들면 다른 사람이 죽이고 싶도록 미울 때가 있을 것이다. 이때 과연 내가 저 사람을 죽여야 되나, 죽일 만큼 저 사람이 나에게 잘못을 했나 등 5분만 자신의 과거, 현재, 미래 등을 생각하면 아마도 우발적인 사고는 피할 수 있을 것이다.

직장에 다니고 있다면 5분 일찍 출근하여 회사의 이것저것을 돌아보고, 5분만 남보다 더 늦게 퇴근하면서 서랍정리, 뒷정리 등 아마도 직장의 상사나 사장은 그 사람을 굉장히 어여삐 여길 것이다. 5분 먼저 일찍 나오고, 5분 더 늦게까지 일한다고 자신에게 큰 육체적, 정신적 고통이 오는 것은 아닐 것이다. 5분 더 자려고, 5분 더 일을 덜 하려고 할 때 남에게 피해를 주고 인정을 받지 못한다는 것을 생각해보면 5분이란 마음먹기에 따라 인생의 진로를 좌우할 수도 있다고 볼 수 있다.

우리 국민들이 언제부터 이렇게 마음이 급해졌을까? 아마도 일제치하에서 피지배자로서 식민정책에 의하여 정신적인 변혁과 6·25와 같은 동족상잔의 역사와 강대국들의 틈새에서 살아남기 위한 방편의 수단이 우리도 모르게 물들어진 타성이 아닌가 싶다. 이제는 우리도 무엇인가 달라져야 될 것 같다. 우리는 5천년 역사를 자랑하는 문화를 꽃피워왔고, 단일 민족으로서 이렇게 살아온 민족은 이 지구상에서 몇 되지 않는다. 그리고 우리 민족은 국화인 무궁화 꽃처럼 끈기와 인내를 갖고 외적을 무찔렀고 문화를 꽃피워 왔다.

　이제 우리는 우리 민족 본연의 자세를 되찾고 더불어 베풀고 도와주는 미덕으로 참고 기다리는 마음으로 서로가 화합하고 단결하여 새로운 역사를 창조하기 위하여 5분에 지배당하지 말고, 5분을 지배하여 다스릴 수 있는 내가 되었으면 하고 설봉산 산책길을 거닐어 본다.*

충분充分과 필요必要조건

국어사전에 충분充分이란 분량에 맞아서 모자람이 없는 것. 즉, 넉넉함이라고 했다. 그리고 필요란必要 '꼭 소용이 됨.'이리고 풀이하고 있다.

지금 우리 사회는 '올챙잇적 생각 못한다.'는 등 충분조건에만 자신을 맞추려하기 때문에 많은 문제들을 낳고 각종 부정과 부패와 부조리가 난무하고 있어 전자와 같은 속담이 입에 오르내리고 있는 것이다.

대학大學에서 지지이후知止而后에 유정有定이니 정이후定而后에 능정能靜하며 정이후靜而后에 능안能安하며 안이후安而后에 능려能廬하며 려이후廬而后에 능득能得이라고 했다. '머물 곳을 안 뒤에야 정하는 것이 있으니, 정한 뒤에야 고요할 수 있으며, 고요한 뒤에야 편안할 수 있으며, 편안한 뒤에야 생각할 수 있으며, 생각한 뒤에야 터득할 수 있는 것이다.'라고 했다. 즉, 성경말씀에도 '욕심은 사망을 낳는다.'라고 했듯이 필요조건에 자신을 맞추지 않고, 충분조건에 자신을 맞추려고 하기 때문에 종국에는 쇠고랑을 차고 많은 사람들에게 물질적, 정신적 피해를 입히고 있는 것이다. 그래서 기쁨과 괴로움은 생각의 차이일 뿐이다. 기쁨을 느낌에 있어서 권력의 기쁨, 취미의 기쁨, 사랑의 기쁨 등 종류가 다양할 것이다.

세부적인 기쁨에서 권력의 기쁨에도 직급에 따라서 기쁨이 차이가 있을 수 있고, 부의 기쁨에도 10원짜리 기쁨과 100원짜리 기쁨이 다를 수 있는 것이다. 그리고 전셋집을 얻을 때의 기쁨과 25평짜리 내 집을 마련했을 때의 기쁨이 틀릴 수도 있지만 충분조건을 채우기 위하여 정도의 길을 가지 않으니 위정자들의 작태가 비일비재하게 일어나고 있는 것이다.

필요조건만 생각하면 된다. 즉, '만큼'이다. 필요한 만큼(살 만큼, 먹을 만큼, 갖은 만큼)만 우리 인간들이 생각을 가질 때 이사회는 살맛나는 세상이 될 것이다. 가끔 사소하고 적은 것에서도 얼마든지 맛볼 수 있다. 티 없이 맑은 어린아이의 젖 먹는 모습에서도 새벽이슬이 풀잎에 햇볕을 머금고 반짝이는 모습에서도 휴지와 빈병을 모아 500원짜리 동전을 손안에 넣을 때도 우리들은 입가에 미소를 지을 수 있는 기쁨을 맛볼 수 있을 것이다. 꼭 부와 권력의 기쁨만이 기쁨은 아니다. 부와 권력에도 '맞게', '만큼'만 누리고 가지면 되는데 충분조건만을 고집하기 때문인 것 같다.

이제 슬픔을 기쁨으로 괴로움을 즐거움으로 바꿀 수 있는 마음으로 필요조건을 갖고 충분조건을 향하여 설봉공원 산책길을 오늘 한번 다 같이 걸어가자.*

마음의 부자가 되어 보자

자본주의 사회국가에서는 부에 의해서 모든 척도를 가늠하고 있고 이것의 힘은 대단한 것입니다. 그래서 국어사전에서 부자에 대해 찾아보니 '재산이 넉넉한 사람'이라고 되어있고 반대어로 '빈자'라고 기재되어 있습니다. 그리고 '부자 하나면 세 동네가 망한다.'는 속담이 있는데 이것은 큰일에 많은 희생을 보게 된다는 뜻입니다.

'부'라는 의미를 반드시 재물이라는 물질적인 면에서만 생각하다 보니 지금 우리 사회는 수단과 방법을 가리지 않고 재산을 모으는데 만 혈안이 되어 있어 너무나 인간미가 없는 삭막한 사회로 변모되어가고 있는 것 같습니다. 그래서 나는 '마음의 부자', '나눔의 부자', '인정의 부자', '사랑의 부자' 등 정신적인 면에서의 '부자'가 되어보자고 권하고 싶습니다. 사랑에도 '짝사랑'이 가장 좋다고 하지 않습니까? 상대가 누구라도 사랑할 수 있고 상대가 나를 사랑하지 않아도 사랑할 수 있는 것이 짝사랑 아닙니까?

생각이 팔자라는 말이 있습니다. 올바른 생각을 하면 올바른 길로 가게 되고, 그릇된 생각을 하면 그릇된 길로 간다는 말입니다. 그리고 양보하는 마음을 가져 손해의 득실을 따지기에 앞서 형님먼저 아우 먼저하는 식으로 나를 낮추고 남을 사랑하는 마음으로 정신적인 면에서의 부자들이 이 사회의 구성원이 된다면 참 사회가 이루어지리라 믿습니다. 우리 인간은 무엇으로도 살수 없고, 막을 수 없고, 누구라도 한 번은 가야할 '죽음'의 길이 있습니다. 죽음 후에도 더욱 안락한 평안을 위하여 각종 종교의 힘을 빌리기도 하고 죽은 자의 무덤을 이리저리 파 옮기면서 자신의 '부'를 빌어보기도 합니다. 그렇다고 각종 종교를 부정하는 것은 절대 아닙니다. 종교의 참뜻은 선악을 권계(선을 권장하고 악을 징계함)하고 행복을 얻고자하는 것이어야 합니다.

산 정상에 올라 평온한 들녘과 산줄기를 바라보며 나무와 풀들이 내뿜는 산소를 호흡하면 누구의 소유가 아닌 나의 것이 될 수 있는데 사람들은 금전을 지불하여 문서에 의한 소유만을 고집하기 때문에 마음의 부자를 갖지 못하는 것 같습니다. 인간의 소유란 영원한 것일 수 없습니다. 그러나 정신적인 지주가 된 옛 선인들의 아름다운 삶이야말로 몇 천 년이 지나도 우리들의 좌우명으

로 그들의 정신을 기리고 뒤따르려고 하는 것입니다. 이제 우리
들도 물질적인 부에 얽매이지 말고 '나는 부자다.', '나는 부자
다.'라고 항시 마음에 새기고 생각할 때에 진정한 부의 의미를 맛
볼 수 있다고 생각합니다.

　물질적인 부만을 위하여 살아온 사람들의 종말과 그들이 부를
지키기 위하여 몸부림친 삶을 우리들 주위에서도 종종 볼 수 있
었을 것입니다. 이 사회는 더불어 사는 사회입니다.

　종속적인 생활만으로 사회를 구성할 수 없으며 횡적이며 분포
적인 생활을 할 때에 진정한 사회를 이룩할 수 있으며 나눔을 하
여 마음의 부자가 될 때에 이사회는 더욱 아름답고 풍요로운 인
생의 삶을 영위 할 수 있기에 오늘도 나는 열심히 먹이를 찾아 헤
매는 제비와 하루살이의 먹이사슬 경쟁을 물끄러미 바라봅니
다.*

부끄러움을 아는 사람이 되자

맹자 말씀에 '불치불약인不恥不若人이면 하약인유何若人有리오.'라고 했다. '부끄러워하지 않는 것이 다른 사람과 같지 아니하면, 어찌 사람과 같은 것이 있겠느냐'라는 뜻이요. 또한 '인불가이무치人不可以無恥니 無恥之恥면 무치의無恥矣니라.'라고 '사람은 부끄러움이 없지 못할 것이니, 부끄러움이 없음을 부그러워하면 부끄러움이 없는 것이다.'라는 뜻이다. 우리가 생활하다보면 염치없는 인간이니, 염치없는 행동이라는 등 부끄러움을 모르는 사람을 보고 일컫는 말을 하는 것을 들을 때가 있다. 정말 부끄러움이 있을 때 용서를 바라고, 이해를 시켜 부끄러움을 사전에 방지 할 수 있는 기회가 얼마든지 있는데, 우리들은 종종 자신의 아집과 체면 등에 집착하여 진짜 부끄러움을 당할 때가 있다.

또한 각 단체나 정치를 하는 위정자들도 국민과 회원들의 참뜻이 어디에 있는지를 파악하여 자신의 아집이나 당리당략에 얽매여 부끄러운 행동을 하지 말고 진정으로 그 소리에 귀를 기울여 아픈 곳을 치유해주고, 들어주는 용기있는 결단을 내리는 행동이야말로 진정한 지도자라고 생각한다.

나는 몇 년 전부터 조그만 강아지 한 마리를 집에서 키우고 있는데 강아지는 동물의 본성대로 살아가고 있는 것을 볼 수 있다. 배가 고프면 먹을 것을 찾고, 배가 부르면 먹지 않고, 아픈 곳이 있을 때는 혀로 핥고, 긁어서 자기의 병을 스스로 치료할 수 있는 능력을 갖고 있는 것 같다. 그래서 나도 매 끼니를 시간 맞추어 먹지 않고, 나의 인체구조가 요구하는 대로 먹고 싶을 때 먹고, 먹기 싫으면 먹지 않고 하는데 아직까지 큰 아픔을 격지 않고 건강하게 생활하고 있다. 내가 하고 있는 식사방법이 반드시 옳다고 주장하지는 않는다.

즉, 인간은 동물적 체질과 기질을 갖고 있는데, 이성을 갖고 부끄러워 할 줄 알기 때문에 동물과 구분되는 것이다. 그래서 우리는 일거수일투족을 순리에 순응하며 살아갈 때에 참 인간의 모습으로 살아갈 수 있고, 모든 인간사 일들이 풀려갈 것이라고 생각한다.

진정으로 부끄러움을 알 때 동물과 구별되어 인간 본연의 모습이 나타날 수 있다는 맹자 말씀과 같이 모든 사람들이 부끄러움을 아는 인간이 되었으면 하고 저 설봉산 정기를 이어받아 더욱 살기 좋은 고장으로 만들었으면 한다.*

그래 참자, 그래도 참자.

'참음'이란 인내를 뜻합니다. 우리가 사회생활을 하는데 있어서 여러 가지 궂은 일, 좋은 일을 접하고 생활할 때가 많이 있을 것입니다. 정말 화가 나서 참지 못할 지경에 있을 수도 있고 너무 흥분되고 자신을 억누를 수 없을 때 순간적으로 참음을 못하여 화를 불러 올 때도 있었을 것입니다. 옛말에 참을 인자 3자만 항시 생각하면 모든 일이 순조롭게 해결된다는 말이 있습니다. 우리 조상들은 이 말을 정신덕목으로 삼고 살아 오셨습니다.

그리고 성경 말씀에도 '7번씩 70번을 용서하라'고 했습니다. 이와 같이 인류의 옛 성인들과 선조들은 참으라고 일러 주고 있습니다. 이렇게 제가 말씀드리면 불의를 보고 어떻게 참느냐고 반문하실지 모릅니다. 그것은 아닙니다. 진정한 불의를 보고도 참으라는 것은 아닙니다. 참는다는 것은 미덕의 차원에서의 참음을 뜻합니다. 옛말에 새색시가 시집가서 귀머거리 삼년, 장님 삼년, 벙어리 삼년을 지내고 시집살이를 하면 아무문제가 없을 것이라고 한 것은 웃어른을 공경하는 효에 근거를 두고 집안의 화합과 화목을 위한 것이라는 것을 알 수 있습니다. 그런데 지금의 사회는 이 '참음'을 잘 하지 못하고 순간적이고 즉흥적인 사고 판단으로 서로가 서로를 헐뜯고 자신의 의사만을 표출하고 남의 의견과 뜻은 받아들이지 못하고 있는 것이 현실인 것 같습니다.

옛 우리조상님들은 기다림을 잘하고 참음을 잘하여 수 없는 외침과 국난 속에서도 반만년을 이어온 세계에서 드문 민족입니다. 우리들이 점심때 외식을 하기 위해서 식당을 가면 식사가 조금만 늦어도 많은 사람들은 '빨리빨리'를 외칩니다. 이제 세계 각국에서 우리 민족은 '빨리빨리' 민족으로 인식되어가고 있다는 신문기사를 읽었습니다. 언제부터 우리가 이렇게 되어졌는가하는 한탄이 나올 때가 있습니다. 예를 들어 식당주인이 빨리빨리 때문에 재료를 제대로 넣지 않고 온도도 맞추지 않고 요리가 덜 된 것을 주었다고 하면 당신은 어떻게 하시겠습니까? 나에게 손해입니다. 그 1~2분만 더 기다리면 제대로 된 음식을 먹을 수 있을 것 아닙니까?

'참음'에는 양심적인 참음과 일방적인 참음과 변증법적 논리에 의한 참임이 있을 수 있다고 생각됩니다. 양심적인 참음이란 양심에 거리낌이 있어서의 참음이고, 일방적인 참음은 자신은 잘못이 없는데도 상대방의 잘못을 알면서도 참는 것을 뜻하고, 변증법정 참음은 지각과 경험에 따르지 않고 개념을 분석하여 사리에 맞는 가에 따라서의 참음입니다. 이 중에 우리 민족은 일방적인 참음을 강요 당해 왔습니다. 그래서 현실에서는 변증법 논리에 의한 참음을 하는 것 같은데 이것은 진정한 의미의 변증법적 논리에 의한 참음을 하는 것이 아니고 이기주의적인 즉흥적인 참음만을 생각한 나머지 참음을 못하여 시간의 흐름에 따라 우를 범하는 경우가 종종 있습니다. 예를 들어 '우선 먹기에는 곶감이 달다.'고 하는 격언과 같이 눈앞의 이익과 순간의 편안함으로 참음을 못하고 있는 것 같습니다. 국가나 사회단체나 각 가정에서 자신의 이익만을 추구하기에 앞서 남을 배려하는 마음으로 먼 훗날을 내다보고 모든 일을 처리하려고 할 때 진정한 의미의 변증법적 논리에 의한 참음을 했다고 할 수 있습니다. 즉, 참음이란 양보하는 마음입니다.

　저에게는 5분 철학이 있습니다. '5분만 참자.' '5분만 남보다 일찍 나오고, 5분만 남보다 더 늦게까지 일하자.'입니다. 자동차 사고 예방표어에 '5분 먼저 가려다 50년 먼저 간다.'는 표어와 같이 참음이란 정말 중요한 것입니다. 이제 우리 모두가 '참음' 즉, '양보'하는 마음으로 협력과 협조하고, 이웃과 이웃이 화합하고, 친구와 친구가 화해하여 행복한 생을 가꾸어 나가 봅시다.*

참 우리것이 아름답다!

　우리가 사회생활을 하다보면 각종 단체와 모임에서 야유회 등 친선 체육대회를 1년에 한두 번은 경험해 본적이 있을 것이다. 그 때마다 각종 게임을 하는데 거의 우리가 초등학교 운동회 때 한 것이나 축구, 배구 등의 구기 종목에 국한 될 때가 많다. 그래서 나는 얼마 전 야유회 때 내가 어릴 적 신작로 한복판이나 학교운동장에서 하던 자치기가 생각나서 게임종목에 넣고 회원들과 편을 갈라서 하였다. 요령은 아마 지금 40대 이상의 사람들은 알 것이다. 그래서 나는 일면 한국판 골프라고 명명하고 잔디 구장에서 200m쯤 거리를 두고 축구 골대 속으로 가장 적은 타수로 놓는 팀이 승리하는 식으로 룰을 정하고 하였더니 정말 재미있었다. 이 놀이는 막대기 하나만 있으면 공간이 있는 야외나 운동장에서

할 수 있는 놀이다. 골프는 아직까지 우리 같은 서민들에게 있어서는 시간적인 여유와 금전적인 부담이 너무 크기 때문에 대중적인 운동으로 보기 힘들다. 그리고 이것은 정치인이나 사업가 또는 내노라하는 사람들의 사치성 운동으로 우리같은 서민들에게 인식되어지고 있다.

우리는 동양인이면서도 단군의 자손으로 한 핏줄을 타고 난 세계에서 혈통 보존을 가장 잘하고 있는 단일민족으로서의 대표적인 국가라고 하여도 과언이 아닐 것이다. 이러한 민족이 언제부터 외래문화와 문물에 물들어서 참 우리의 것을 잃어가고 있다는 것이 나이를 들어가면서 마음을 아프게 한다. 또한 청소년들의 각종 비행과 어른들의 사치와 쾌락풍조 등 퇴폐문화로 가고 있는 신문지상의 기사를 접할 때마다 우리의 것을 지키고 계승시키는 것이 세계 제일이라고 떠들고는 있지만 과연 정부기관의 각 부처에서 우리 전통문화를 어린이와 청소년들에게 가르치고 또한 기성세대들이 이것을 위하여 얼마만큼 앞장서서 지키고 실천해 가고 있느냐를 생각하면 가슴이 답답할 뿐이다.

어릴 때 농촌 들녘에서 명절 때나 쉬는 날에는 동네 친구들과 자치기, 제기차기, 공기놀이, 그네타기, 널뛰기, 수건돌리기, 윷놀이 숨박꼭질, 땅따먹기 등의 놀이를 할 때는 밥 먹는 것도 잃어버리고 또한 뒷집 순이의 볼록한 젖가슴을 훔쳐보고 얼굴이 발갛게 상기 돼 어쩔 줄을 모르던 그 어린 시절의 정겨웠던 일들이 지금은 추억으로만 끝나고 그 모습을 TV나 영화에서 보고 있노라면

석양이 붉게 물들고 있는 서쪽하늘의 저녁노을을 연상케 하고 있
다.

　이제라도 우리는 우리 것을 지키고 우리 후손들에게 우리 선조
들의 찬란했던 문화유산이 얼마만큼 우리 핏줄과 정신 속에 알맞
은 것인지 반드시 인식시켜야 된다. 오늘도 나의 직장인 터미널
에서 청소년들이 화장실에서 담배피우는 모습을 보고 책망하며
시골에서 담배를 피우는 어른이나 노인 분들을 보면 슬그머니 담
뱃불을 끄고 머리를 숙이던 나의 형님들의 모습을 떠올려 본다.
　이제 우리 언론매체에서는 어느 카지노나 오락게임 등을 떠올
리기 전에 우리 문화유산과 놀이문화를 연재하고 충동질을 하지
말았으면 하며 파란 우리하늘을 바라보고 소리 없이 외쳐본다.*

예술이 있는 곳이 살기 좋은 곳이다.

예술이란 자연이나 인생의 아름다움을 표현하는 학예와 기술, 회화, 조각, 문학, 음악, 무용, 연극, 영화 등을 말함이며, 문화란 자연을 이용하여 인류의 이상을 실현시켜 나아가는 정신 활동이라고 국어사전에 기술하고 있다. 지금 우리 지역 이천에서는 해마다 이섭대천종합예술제가 설봉공원에서 각 분야별로 다채롭게 진행되고 있다. 그런데 공연을 관람하고 즐기는 시민들은 그리 많지 않은 것이 못내 아쉬웠다. 지금 우리 사회는 너무나 물질만능주의에 빠져 있기 때문에 정신문화에 있어서 특히 예술과 문화에 대한 감정이 메말라 있는 것이 사실이다. 한 줄의 글을 읽고, 그림을 감상하고, 풍악을 듣고, 연극을 보는 데는 아주 인색하고, 한 잎의 동전을 벌기 위해 혈안이 되어 있어 부모, 형제, 친구와의 혈연과 우정에 금이 가고, 부부의 이혼율은 절반에 육박한다는 신문기사는 우리들의 마음을 슬프게 하고 있다.

또한 어린학생들의 교육은 자기중심주의와 향락주의 정신에 만연되어 어른들에 대한 존경이란 찾아보기 힘들고, 어른들도 어린 청소년들이 벌건 대낮에 서로 부둥켜안고 담배 피우는 모습을 보고도 누구 한사람 나서서 꾸지람하거나 훈계하는 모습을 찾아보기 힘든 세상이 되고 말았다. 이 모든 것은 사람들이 문화를 사랑하고 문화 발전을 위하는 교육이 잘못되었기 때문이다. 이제 우리는 먹고 사는 문제도 중요하지만 사람이 어떻게 사는 것이 사람다운 삶인가를 한번쯤 생각해야 될 때인 것 같다.

설봉공원에서 개최하고 있는 각 단체 예술제를 한번쯤 관람해 보면 그 내용이 여느 국제전시회나 공연보다 질적인 면에서 뒤지지 않은 것 같다. 저녁때 설봉공원 산책길에 한 편의 시를 감상하고, 사진전, 미술전, 공연을 보면서 자신의 정신을 한번쯤 뒤돌아보고 각박한 이 사회의 단면을 회상해 보는 것도 찌들은 우리들의 마음을 어느 정도 정화시켜 줄 법도 하다.

이천시민들에게 문화시민이라는 자긍심을 갖게 하기 위해서는 많은 시민들이 이러한 축제에 동참할 수 있는 기회를 부여하고 알려서 시민들에게 예술에 대한 가치를 높여 나갈 때 우리 이천이 타 지역에 비하여 수준 높은 곳임을 알릴 수 있을 것이다. 한번 생각해보자. 살기 좋고, 사람들이 선호하는 지역은 문화 예술분야의 활발한 활동이 있는 곳이고, 그곳이 사람들이 살고 싶어 하는 고장이라고 할 수 있다. 그러므로 각 예하 읍·면동에 한번쯤 마을 단위 방송이라도 할 수 있게 공문서 한장, 전화 한번이라도 했으면 하는 생각이 든다. 이런 말이 생각난다. '인생은 짧고 예술은 길다.'

앞으로 우리 지역에서도 활발한 예술 활동이 이루어지려면 시민들이 관심이 있을 때 진정한 삶의 질이 높아지리라 믿는다.*

눈 내리는 설봉산의 산토끼를 찾아서

20여 년만에 처음 많은 눈이 내려 온 산과 들판이 흰색으로 아름답게 분장 되었다. 사무실에서 유리창 밖을 내다보니 함박눈이 흰옷을 입고 내려오는 선녀와 같은 느낌에 문득 동료 몇 명에게 전화를 걸어 눈 오는 산행을 결심하고 산을 올랐다. 우리들 마음은 온통 어린 동심으로 돌아갔다. 벌서 쉰 살이 넘어 수연을 얼마 두지 않은 나이들이건만 마음만은 젊은이 못지않게 눈 속을 헤치고 있는 모습은 찌들었던 도심의 생활 속에서 모든 것을 잊어버리고 무아의 경지에서 우리들의 마음도 흰눈으로 변해져갔다. B형, K형, J형은 나보다 너댓살 연배의 나이들이지만 산행을 많이 해 본 경험이 있어선지 30~40cm가 넘는 눈 속을 마치 평지를 걷는 것보다 더 잘 오르고 있었다. 산상에 올라 우리들이 올라온 발자국을 바라보며 온통 눈꽃으로 뒤덮인 나무들 속에 흠뻑 빠져들어 그 무엇으로도 형용할 수 없는 묘한 감정에 목화솜 같은 눈 위에 드러누워버렸다. 눈 속은 정말 포근한 어머니의 품속 같았다.

분노와 갈등, 착취와 경쟁, 괴로움과 슬픔, 고뇌와 환희 등 온갖 이 세상의 복잡한 희열은 잠시나마 잊어버리고 웅얼져 있던 마음이 '야호'라는 함성과 함께 메아리쳐 눈 덮인 산골짝을 타고 저편으로 사라져갔다. 아마도 산악인들은 이래서 위험을 무릅쓰고 산을 찾고 있는 것인가 보다.

산행을 같이한 세 분들은 개성이 각기 다른 분들이다. 한분은 원칙주의자, 또 한 분은 강경주의자 다른 한 분은 합리주의자, 모두가 장단점이 있어서 나는 그분들을 무척이나 좋아한다. 인간들의 마음은 조석으로 변해만 가고 역사의 흐름은 윤회를 거듭하고 있는 것 같다. 그러나 눈 덮인 설봉산은 천 년 전에도 그러했듯이 지금도 이렇게 우리들의 마음을 휘어잡고 있는 것이다. 산행에서 내려오는 길에 산토끼 한 마리가 소나무 밑에 웅크리고 있었다. K형이 소리치며 토끼를 잡으려고 할 때 B형은 '소리 지르지 마.' 하며 토끼가 놀라지 않게 하여 잡으려고 했다. J형은 말했다. '이 좋은날 토끼를 잡으면 어떻게 해 살려주자.'고 했다. 우리들이 이렇게 '갑'론 '을'박할 때 토끼는 놀라서 눈 속을 헤치고 도망가고 있었다. 눈이 너무 많이 쌓여 토끼는 발이 빠져 잘 달아나지 못하고 있었지만 그 모습을 보고 누구 한 사람도 토끼를 따라가 잡으려고 하지 않고 도망가는 토끼를 물끄러미 바라보고 있었다. 우리들은 한마음이었다. 그리고 설봉산 기슭을 타고 내려오다가 약수터에서 물 한 모금을 마심에 우리의 마음들은 다시금 하나가 되고 다시금 잃어버리고 다시금 그 무엇인가를 생각하게 되었다.

 설봉산의 산토끼가 눈 속에 몸을 움츠리고 있다가 놀라 달아나는 광경을 우리들이 볼 수 있고 자자손손 볼 수 있으면 좋겠다.*

제4부

아내와 여우목도리

1000원짜리 인생과 10원짜리 인생

우리말에 분수에 맞게 살아야 된다는 말이 있다. 분수라는 단어를 국어사전에는 '사물을 분별하는 슬기, 제 신분에 알맞은 한도'라고 쓰여 있다.

그런데 우리네가 살아가는데 있어서 분수에 맞지 않게 사는 사람들이 너무 많이 있다. 그렇기 때문에 현재 우리가 경제난에 처해 있고 각종 선거 때 정치 불안을 격고 있는 것 같다.

1000원짜리 인생은 1000원짜리답게 10원짜리 인생은 10원짜리답게 살아간다면 아무 문제가 없다. 10원짜리가 1000원짜리 같이 살면 그 집은 파탄이 될 것이고, 1000원짜리가 10원짜리 같이 살아도 경제순환이 아니 되고 사회의 자금회전이 안되어 경제 불안요소가 되는 것이다. 그리고 자신이 가지고 있는 체력, 학력,

재력, 능력 등에 따라서 사회생활을 영위할 때만이 건전한 사회 발전을 가져오리라고 믿는다. 이제 우리는 난장판이나 다름없었던 각종 선거도 많이 경험했고, 오직 경제를 안정시키고 사회를 안정시켜서 건전한 우리의 생활을 되찾아야 할 때이다.

고무풍선 놀이에 겁을 먹지 말아야 되는 것이다. 한쪽을 누르면 반드시 한쪽이 튀어나오는 것이 고무풍선이다. 너무 눌러 터지면 안 된다. 그렇다고 누르지 않으면 안 된다. 그러기 위해서는 눌러서 아픔을 느끼는 쪽도 있을 것이다. 그러나 결과가 생각하는 모형이 나올 때가지 과감하게 밀고 나아가 처음에 눌림을 당한 쪽도 한 덩어리가 될 수 있게 처리해야 된다고 본다.

자유경쟁체제인 자본주의 국가에서는 빈부의 격차가 없는 평등이란 있을 수 없는 것이다. 즉, 자유自由란 방종放縱을 뜻하는 것이 아니고 평등平等과 공평公平을 뜻하는 것이 아닌 자신의 능력과 노력에 따라 결과의 열매를 취득하는 것이 진정한 자유와 평등을 누리는 민주주의 사회인 것이다. 그런데 사술詐術과 착취搾取로 부負를 축적蓄積하려는 공직자들과 사람들 때문에 이 사회의 다수가 희생당하고 있는 것이다. 떳떳하면 무엇이 두려운가? 아랫자리에 앉는다고 나중에 연설한다고 인격이 떨어지는 것은 절대 아니라고 본다. 성경 말씀에도 아랫자리에 앉으려고 할 때 높임을 받을 수 있다고 했다. 양보와 겸손이 있을 때 그 사람의 인격이 돋보이는 것이다.

내 주위에 짠돌이라는 말을 듣는 친구가 있다. 그런데 사귀어

보면 그렇지도 않은데 그런 말을 듣는 친구들이 있다. 실속을 너무 차리기 때문에 그런 것 같다. 인간은 알면서 속을 때도 있고 모르면서 속을 때도 있게 처세하면 되는데 너무 자신의 이익에만 집착하다보면 그런 이야기를 듣는 것 같다. 나중에는 돈이나 선심을 다 써도 그런 소리를 듣는다. 그것은 결단력이 부족하기 때문이라고 생각된다. 이제 우리는 짠돌이라는 말을 듣더라도 자신이 한 점 부끄럼 없이 공사를 구별하여 처리한다면 무엇이 두렵고 겁이 날것인가? 1000원짜리는 1000원짜리답게 10원짜리는 10원짜리답게 살아갔으면 한다.*

나 한 사람만이라도

'생활이 그대를 속일지라도 그대는 노여워하거나 슬퍼하지 말라.'는 푸쉬킨의 싯귀절이 생각난다. 엄청난 취업난, 천정부지의 고물의 경제난에 허덕이고 있고 시민 각자의 마음 상태 또한 불안심리에 젖어 있는 것이 사실이다. 이런 때 일수록 각자의 마음가짐을 차분히 하고 각자가 해야 될 일을 반성하고 계획해야만 되겠다. 우리에게 어떠한 고난과 핍박이 닥쳐와도 참고 견디면 환희의 날이 반드시 온다는 신념을 갖자.

남을 비방하고, 욕하고 시기猜忌하기 전에 나 자신을 반성하고 나를 깨달을 때, 우리들 모임의 단체는 활성화 될 것이다. 애국한다는 것은 큰일을 하고 큰 직책을 맡아야만 하는 것이 아니라고 본다. 우리들의 일터에서 각자 맡은바 임무에 질서의식을 갖고 모든 행동을 하는 것이 애국하는 길이요, 전쟁터에서 진정한 군인은 별을 단 장군이 아니라 이름 없이 산화한 무명의 용사인 것이다.

나는 군에 있을 때 D.M.Z. 내에 녹슨 철모를 보고 얼마나 눈시울이 뜨거웠는지 모른다. 그 녹슨 철모는 나에게 무언의 교훈을 주었다. '거만하지 마라! 잘난 척 하지마라! 고개를 숙여라!'라고 새우젓 장사를 하여 모은 수십억 원의 전재산을 학교에 기증했다는 새우젓 장사 할머니의 기사를 보고 또한 면사무소에 들렀을 때 면직원 아가씨의 상냥한 친절에 나는 생각했다. 우리는 결코 쓰러지지 않을 것이다. 반드시 일어설 것이다. 민족주의 주체의식을 갖자. 나는 여러 모임에서 이런 이야기를 종종 듣는다. '조선 놈은 매가 약이요, 뭉칠 줄을 모른다.' 기타 등등 자신의 발등에 침을 뱉는 격의 용어를 쓰는 사람을 대할 때마다 저 일본 놈들의 우리 민족 말살정책이 얼마나 무서웠던가를 알 수 있다. 나 자신은 일본 사람들의 교육을 직접 받지는 않았지만 그들의 교육을 받은 선생님에게서 교육을 받았다. 한 번 생각해보자. 어찌하여 일본 사람은 말로해도 되고 우리 민족은 매를 맞아야 되는가를 이제 그 생각부터 고쳐야 되겠다.

우리 민족은 세계에서 유일한 단일민족이요, 고유한 역사와 전통을 가진 민족이요, 우리만의 과학적 문자(한글)를 가진 민족인 것이다. 보라! 오천년의 역사를 지닌 민족이 이 세계에 몇 개 나라나 되는가? 우리 조상들의 충성심과 단결심은 이 세계에서 제일가는 민족임을 우리는 역사를 통해서 알 수 있다. 이순신장군이 '신臣에게는 아직 12척의 배가 있습니다.'라고 했듯이 우리는 용기와 희망을 갖자. 현재 남아 있는 것을 갖고 현재 처해 있는 상황에서 최선을 다할 때 우리는 일어설 수 있다. '우리는 하면 된다'는 신념에 찬 국민이다.

세계에서 모든 국가가 비웃음을 했던 일들을 우리는 한강의 기적을 이루어 낸 위대한 민족이다. 현재 처해있는 경제의 곤란을 우리는 전화위복轉禍爲福의 기회로 삼자. 잠시 생각하며 쉬어가는 마음으로 살아가자. 이보 전진을 위해 일보 후퇴한다는 생각으로 이 난국을 극복하자. '나 한사람쯤이야'가 아니라 '나 한사람만이라도'의 정신으로 불의를 보면 일어설 줄 알고, 교통신호 지키는 조그만 행동 하나! 길에 유리조각 치우는 조그만 일! 담배꽁초 함부로 버리지 않는 조그만 실천이라도 '나 한사람만이라도' 지키고 실천할 때 우리는 발전되고 깨끗한 환경이 될 것이 아니겠는가? '나 한사람만이라도'를 되새겨 본다.*

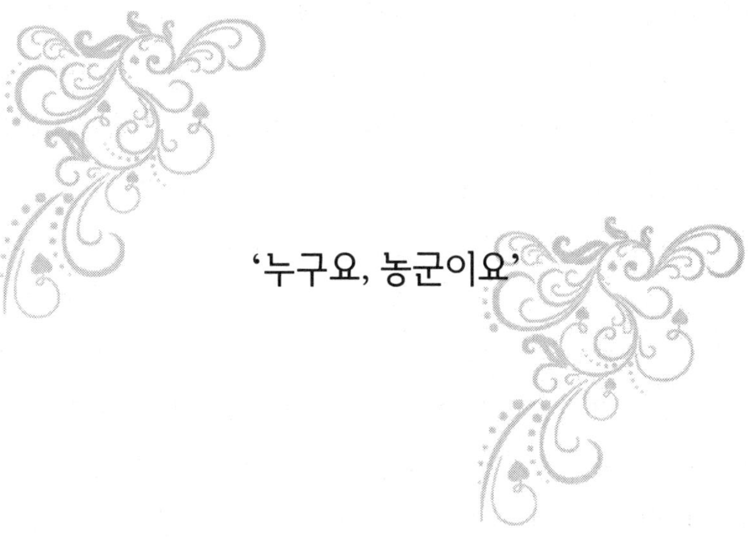

'누구요, 농군이요'

　사람들은 사회생활을 하다보면 어떤 권력기관이나 악의 집단을 무서워하고 두려워하는 경우가 있다. 그런데 이 사회가 지금까지는 여러 가지의 정치적 부패와 사회적, 도덕적 부패 때문에 진짜 떳떳한 사람이 생활하지 못한 면도 없지 않다. 그러나 나는 그렇게 생각하지 않는다. 내가 군 생활을 하던 중 최전방에서 지휘자로 있을 때 병사들에게 이렇게 정신교육을 시켰다. '이 세상에서 가장 떳떳한 사람은 바로 여러분들이다. 왜냐하면 여러분들은 소위 내가 말하는 인간의 조건을 다 갖추었기 때문이다.'

　첫째 건강한 육체, 둘째 건전한 정신, 셋째 건전한 지식. 그런데 여러분들은 첫째 조건인 건강한 육체를 가졌다. 그것은 건강한 육체를 가졌기 때문에 군에 입대했다. 둘째, 건전한 정신상태 이것은 여러분들은 소위 누가 말하는 빽이나 금전 기타의 타의에 의한 것이 아니라 상부의 명령에 따라 이렇게 최전방고지에서 근무하고 있지 않은가? 그리고 셋째 '건전한 지식은 사회생활을 하면서도 얼마든지 배우고 익히면 되는 것이다'라고 했다.

이제 우리도 내가 말하는 가장 떳떳한 사람이 이런 사람들이어야 된다고 말하고 싶다. 뱃속에 국민의 정량正量만이 들어 있는 사람. 즉, 지금 당장이라도 자신의 배를 해부하면 정량 외에는 어떤 불순물도 없다고 자부할 수 있는 사람이 이 세상에서 가장 떳떳하고 무서운 사람이라는 것을 인식해야 된다. 그들은 바로 일선에서 자신이 맡은바 임무를 묵묵히 행하는 사람, 말없이 농사에 전념하는 사람, 새벽같이 일어나 시장터에서 상업에 종사하는 사람, 기타 자신이 현재 처해있는 직장이나 생업 등에서 소리 없이 전념하고 있는 사람들이 가장 떳떳한 사람들이다.

내가 어릴 때 이런 이야기를 들은 기억이 난다. 깜깜한 밤에 순경이 야간 순찰 중에 앞에서 사람기척이 있어서 '누구냐'하니까 '군이요'하더라는 것이다. 경찰은 무슨 장군일 줄 알고 '무슨 군이요'하니까 '농군이요'하더라는 것이다. 아무것도 아닌 것 같았다. 그러나 그 이야기가 지금도 이상하게 즐겁고 가슴에 무엇인가 찡하는 느낌이 자꾸 든다.

'누구요', '농군이요' 얼마나 당당한 대답인가? 그러나 당연한 것이다. 그렇게 되어야만 된다. 이제 우리는 누가 뭐래도 자신의 직업을 떳떳이 이야기 할 수 있는 사람이 되어야 되겠다. '누구요’, ‘농군이요’ 정말 한없이 되뇌어 보아도 싫증이 나지 않는다.*

적고 작은 관심

　'시간은 금이다.'라고 했듯 세월의 흐름에서 1초는 적은 부분을 차지할 뿐이다. 그러나 소수가 모여서 큰 것을 만들 듯이 1초에서부터 시작하여 분이 되고 시간이 되고 하루 한 달 일 년이 되는 것이다. 우리는 곧잘 '1'이라는 숫자개념을 소홀히 생각하는 경향이 있다. 내가 현재 몸담고 있는 회사의 대표는 내가 십 여년 동안 모시고 있는 분이다. 그런데 바로 내가 모시는 분이 '1'이라는 숫자를 상당히 중요시하고 회사를 운영한다. 즉, 큰 금액의 결재는 손쉽게 넘어 가지만 소모품인 볼펜 한 자루 종이 몇 장 쓰는 것은 상당히 엄격히 규제하고 있다. 돈으로 따져보면 몇 십 원 몇 백 원에 지나지 않지만 나는 바로 여기에서 무언의 교훈을 받았다.

언젠가 공중전화를 걸려고 하는데 십원짜리 동전 한 개가 없어서 큰일을 당하여 손해를 본 적이 있다. 십 원짜리 동전 하나는 적은 돈이다. 그러나 지금도 그때 일을 생각하면 너무나 큰일이기 때문에 내 주머니 속에는 항상 십 원 짜리 동전이 있다.

내가 현재 근무하고 있는 곳은 터미널이기 때문에 많은 사람들로 늘 붐비는 곳이다. 화장실에 가면 5~6명의 학생들이 담배를 피우고 있는 것을 볼 때가 종종 있다. 나는 자식 같은 생각이 들어 '이놈들아 담배는 너희들이 성년이 되면 하루에 열 갑 스무 갑을 피워도 누가 뭐라고 하지 않아 학교 다니는 동안만큼은 피우지 마라.'라고 꾸지람을 하고 호통을 친다.

신문지상에 십대들의 범죄가 점점 증가하고 범죄 양상이 포악해 간다는 기사를 접할 때마다 가슴이 찢어지는 것만 같다. 아무리 경제가 발전되고 민주주의가 도래 되었디고 하디라도 앞으로 이 국가를 이끌어 나갈 청소년들이 이렇게 무서운 아이들로 자란다면 큰일이라는 생각이 들기 때문이다. 이것은 어린학생들에게만 책임을 전가시키기에는 너무나 잘못된 인식이다. 내 자식이 아니더라도 그들은 우리 모두의 자식이다. 그들을 위하여 우리들이 할 수 있는 일은 작은 것부터 관심을 가지고 이들을 선도하는 것이다.

내가 이천지역에 이사 온 지도 7년이 되고 있다. 친목단체인 이천중앙회에 가입하여 친목을 도모하고 있는데 뜻이 상통하는 사람들이 모인단체이기에 단결이 잘되고 있다. 그래서 매월 한 번씩 모이는 지난 월례회 때는 우리회가 무엇인가 적고 작은 일을 해보자고 토의한 결과 우리 회원들만이라도 휴지나 담배꽁초를 함부로 버리지 말자고 만장일치로 결의하여 현재 실천에 옮기고 있다.

즉, 작고 쉬운 일이다. 그러나 작은 일이지만 우리 이천 시민이 호응하여 실행한다면 아마 우리지역은 그 어느 지역보다 깨끗한 지역으로 변모될 것이다.

그리고 지도급에 있는 인사들이 적은 일에 솔선하고 우리 어른들이 좀 더 적극적인 자세로 적고 작은 일에 임한다면 이천지역은 평화롭고 살기 좋은 지역으로 될 것이라는 작은 소망을 생각해보면서 오늘도 적고 작은 일을 위해서 하루 일과에 임하려고 한다.*

아내人庶의 잔소리

우리가 생활을 하다보면 직장에서는 상사의 잔소리, 집에서는 아내의 잔소리, 친구의 모임에서는 친구의 잔소리, 학생들에게는 선생님과 부모의 잔소리 등을 자주 듣게 된다. 잔소리라는 단어의 뜻 자체가 '듣기 싫게 늘어놓는 잔 말, 꾸중으로 하는 여러 말'이라고 풀이했듯이 다수의 사람들에게 청각적으로 기분 좋은 느낌을 주지 못하는 말이다. 그러나 그 잔소리들은 대부분 자신을 이롭게 하는 말들이라는 것을 느낄 때가 많다.

명심보감 정기正己편에서는 '오악자吾惡者는 시오사是吾師요, 도오선자道吾善者는 시오적是吾賊'이라고 '나에게 나쁜 점을 지적해 주는 사람은 스승과 같고, 나를 선하다고 말하는 자는 나를 해하는 적이다.'라고 했다.

요즘 아내의 잔소리가 전보다 부쩍 늘어만 가고 있다. 아침에 일찍 일어나라, 옷은 이렇게 입고 넥타이는 이것을 매고, 점심은 꼭 챙겨 먹고, 술은 마시지 말고, 담배는 끊고, 저녁에 일찍 들어오고, 손발은 깨끗이 씻고, 낚시는 좀 하지 말고, 하루 일거수일동을 명령하는 잔소리로 시작해서 잔소리로 잠자리에 들 때가 많다.

이 잔소리를 가만히 생각해 보면 나에게 해로운 소리는 아무것도 없고, 오히려 웬수 같다는 나를 위하는 소리인 것이다. 나의 아내人庶는 情이 많다. 내가 직장에서 상사에게 꾸중을 듣고 집에 와서 푸념을 하면 '걱정하지마! 하루세끼니 어떻게 하면 밥 못 먹고 살겠어, 당신이 너무 고단하고 괴로우면 그만 쉬어. 내가 야채장사라도 해서 먹여 줄 테니까'한다. 또한 실수나 잘못을 저질렀을 때는 화를 내며 한참동안 잔소릴 퍼붓고 난 뒤에는 나의 측은한 모습을 보고 '여보! 너무 걱정하지마. 사람이 살다보면 그런 일도 있을 수 있지 뭐'하며 위로해 주는 情이 넘치는 아내다. 아내 자랑을 하면 팔불출이라고 했지만 나는 팔불출이가 되련다.

요즘 학부형들은 어린이들에게 과대보호증후군에 사로잡혀 있는 것 같다. 내가 모 초등학교 운영위원으로 위촉받아 활동하고 있는데 한 학부모가 자기네 아이는 화장실에 좌변기가 없으면 절대 용변을 보지 못한다는 이야기를 했다. 그러면 그 아이는 군대생활을 어떻게 할 것인가 걱정이 됐다. 전쟁이 일어나면 악조건에서 생활을 하며 사선을 넘나드는 참혹한 괴로움을 강한 인내심으로 이겨야 되는데……. 내가 걱정이 앞서서 차마 그 앞에서는 뭐라고 말 못했지만 '귀여운 자식 매 한 번 더 때리라'는 옛 속담이 생각났다. 이제는 부모의 잔소리가 더욱 절실히 필요한 때인 것 같다.

미국 카트리나에 천재지변 때 우리 민족은 난민들 속에 한 명도 없었다고 한다. 그것은 우리 동족끼리 수백Km에 있으면서 서로가 서로를 도와주었기 때문이며 동포애로서 情을 나누었기 때문이다. 정이 넘치는 우리 직장 상사들! 정이 많은 나의 진정한 친구! 정이 남아도는 나의 아내! 우리 민족은 정의 민족이다. 정이 너무 많아 지나간 과거는 용서라는 말로 정 때문에 잊혀져가고 있는지도 모른다.

일제 앞잡이들의 고등계형사의 횡포도 잊혀져가고, 6·25 때 민족상잔의 수백만 명 생명과 재산을 빼앗아간 김일성의 만행도 잊혀져가고, 광주민주화운동 때의 순수한 민족의 죽음도 잊혀져가고, 우리를 공산주의 나라에서 구해 주었던 참전국과 지원국들의 고마움도 잊혀져가는 것을 볼 때 정이 너무 넘쳐도 문제인 것 같다. 잊을 것은 잊고, 잊지 말아야 할 것은 잊지 말아야 되겠다.

또한 아내의 잔소리를 잔소리로만 듣고 '떠들어라, 나는 내 생각대로 한다.'는 식으로 하다가 오래가지 않아 집안이 파경을 맞는 모습을 종종 보았다. 그러고 보니 아내의 잔소리가 은근히 그리워지는 것 같다.*

안다는 것智識과 깨닫는 것道

　'배워야 산다.'는 말이 있다. 우리나라는 중학교까지 의무교육을 시키도록 되어 있어 국민들이 지식을 갖추도록 강요하고 있다. 우리나라는 특히 세계국가 중에서도 가장 교육열이 높고 문맹률이 거의 0%에 육박하고 있는 실정이다. 그리고 교육열 때문에 명문학교를 보내려고 연간 수 십조 원의 교육비가 들어가고 있고, 명문학교와 서울지역대학 출신이 편중되어 출세에 영향을 미치기 때문에 명문학교를 폐지하고, 지방대학출신자 우대 정책을 펴야 한다는 등의 정책대결이 한창이고, 각종 매스컴에서 야단법석들이다.

　또한 사土자 들어가는 직업을 가지려고 각종 고시와 함께 혈안들이 되어 있기도 하다. 나의 부모님은 농촌출신으로 본인의 이름 석자도 제대로 쓰고 읽지 못하시는 분이셨다. 그러나 자식들을 튼튼하게 기르셨고, 타인들에게 특별한 추앙을 받지는 못했지만 타인의 손가락질과 남에게 피해를 주지 않으시고, 잘못을 보시면 꾸짖고, 잘함을 보시면 칭찬을 하실 줄 아셨다.

그런데 명문대학을 나오고, 우리나라에서 최고의 통수권좌에 오른 일부대통령을 비롯한 국회의원, 시장, 군수, 장군 출신들과 재벌들은 금욕과 권력에 눈이 어두워 탈세와 정경유착으로 국민들의 혈세를 낭비하고, 노동자들의 피와 땀의 댓가를 착취하는 수법은 너무나 안다는 것智識에만 기인되는 것 같다. 앎에 있어서는 열심히 노력하고 보고 들으면 어느 정도 지식을 갖출 수 있다고 본다.

그러나 깨닫는다는 것은 그렇게 쉬운 것이 아닌가 보다. 배움에 있어서 스승과 지도자들과 부모님들은 나쁜 짓과 거짓말 등을 하지 말라고 가르친다. 아마도 도둑놈이 자기 자식에게도 도둑놈이 되라고 가르치지는 않을 것이다. 요즘 위생법을 위반하는 식품납품업자도 쓰레기 단무지로 만든 만두를 자기 자식에게는 먹이지 않을 것이다.

부동산 투기로 본인은 떼돈을 벌고 자식 놈이 다른 부동산투기꾼에 속아서 재산을 탕진하면 욕을 할 것이다. 내가 하는 나쁜 짓은 자신의 잣대로 합리화 시키려고 하는 우리의 폐습은 버려야 되겠다. 그래도 이 사회가 발전되고 지탱되어 가는 것은 많지 않지만 스스로 깨달아 선善과 악惡을 구별할줄 아는 대다수의 선량한 국민들이 있고, 지도자들이 있고, 사업가가 있고, 종교인들이 있기 때문일 것이다.

'아는 놈이 더 도둑놈이다'라는 말을 종종 들을 수 있다. 아는 것을 이용하여 교묘하게 법망을 피해가려는 수법을 쓰기 때문이다. 이 모든 것을 원만히 해결하는 방법은 상대를 생각하는 배려가 있어야 되겠다. 배운 사람은 못 배운 사람을, 가진 자는 못 가진 자를, 여당은 야당을, 사업가는 노동자를, 지배자는 피지배자를, 서로가 서로를 이해하고 생각할 때 국가와 사회는 원활히 굴러 갈 것이다.

명심보감 근학편에 주문공은 不學則爲小人이요, 學則及爲君子라. 배우지 않으면 소인이요, 배우면 군자라고 했지만 이 뜻은 영어 단어 몇 개, 수학문제 몇 개 더 잘 풀어서 '士'자 되었다고 반드시 군자가 되는 것이 아니라, 배우되 과학자, 예술가, 사학자 등과 같이 각 분양의 전공 분야에서 전문인이 되어 나 개인의 생업과 국가사회 발전에 이바지하는 지식이 참된 군자라는 뜻이다. 배움에는 지식의 배움과 깨달음의 배움이 있다고 본다. 배우되 참과 거짓을 구별할 줄 알고 배운 것을 행동으로 실천하는 것이 참된 앎이요, 배움이라고 본다.

오늘도 나는 60평생을 철물점을 경영하며 한 사람 농부의 헛걸음을 없게 하기 위하여 아침 6시에 문을 열고 밤 10시에 문을 닫는 일 년 12달 그의 사업장을 지키는 J형의 모습을 앙망仰望하고 있다.*

장관長官의 이름을 바꿔보자

얼마 전 모일간지의 칼럼위원인 이규태 필자의 죽음을 애도하며 그 칼럼 중에 '장관'이란 제목이 있어 그 내용을 다시 한번 나열하며 생각해 본다.

우리나라의 역사에서 고구려 때는 장관의 호칭을 대형(장관), 소형(차관)이라고 불리어 김형, 이형, 박형하면서 친근감을 나타내었고, 또한 큰 심부름꾼, 작은 심부름꾼이란 뜻으로 대사자大使者, 소사자小使者로도 불렀으며, 백제를 배경으로 한 '서동요'라는 드라마를 보면 은혜롭게 거느린다하여 은솔恩率, 덕으로써 거느린다 하여 덕솔德率이라는 명칭을 사용하여 국민들에게 은덕恩德을 베풀어야 되는 사람이란 뜻으로 그 직책에 은솔, 덕솔이라는 명칭을 붙인 것이다. 그리고 고려 때 장관도 시중侍中, 복사僕

射, 상서尚書라 했는데 이 모두가 심부름한다는 뜻으로 쓰여진 것이며, 시중의 시侍자가 '모실 시侍'라 하여 시녀, 시복이라 하듯이 심부름한다는 뜻이요, 복사의 '복僕'자도 종이나 마부란 뜻이다.

상서도 예외가 아니라 주나라가 천하를 통일하자 속방들을 다스리는 수단으로 인질 네 사람씩을 조정에 잡아두고, 이들로 하여금 그 속방과 연락을 하곤 했는데, 이 심부름 하는 인질을 상서라고 했고, 상서라는 호칭이 역대 중국의 장관의 호칭이었고, 고려 때도 장관호칭이었으며 조선조의 판서호칭의 뿌리가 되었던 것이다.

영국에서도 장관이란 'Minister'라고 성직자, 목사라는 뜻 외에 심부름꾼이란 겸허한 호칭으로 쓰여졌고, 미국에서는 'Secretary'라고 비서라는 뜻으로 미루어 볼 때 역시 군림하는 자리가 아니라 심부름하는 자리의 명칭이라는 것을 알 수 있다.

그런데 지금의 우리나라 장관長官이란 뜻은 한 관청의 으뜸 벼슬, 국무를 맡아보는 각 부의 으뜸벼슬이듯이 국민들에게 군림하는 자리라는 뜻으로 쓰여지고 있는 것이다. 그리하여 장관長官이란 명칭을 새롭게 무슨 무슨 시중侍中이라고 하여 그 부서를 모시고 받드는 자리이며, 백성들을 받들고 모시려면 열심히 일을 해야지 골프나 치는 자리, 잠시 있다가 나가는 자리, 그 부서와는 전혀 상관도 없는 이력이나 만들어 놓는 자리, 신세졌다고 신세 갚는 자리로 만들어서는 안 되겠다.

장관이란 자리는 그 부서에서 가장 전문적인 최고권위자가 있

어야 될 자리라고 본다. 지방자치 단체장과 도 · 시(군)의원을 선
출할 때에는 그 자리가 국민들에게 군림하는 자리가 아니라 진정
으로 국민의 충복忠僕으로서 복지와 평화를 위하여 열심히 일할
수 있는 사람을 뽑아야만 되겠다. 장관의 명칭을 문화관광시중,
행정자치시중, 건설교통시중 등으로 하고, 도지사는 ○○도복道
僕, 시장은 ○○시복市僕이라고 하면, 명칭 때문에 우두머리 장長
이라는 생각으로 근무하지 않고, 이름대로 국민에게 복종하고,
국민을 받들려고 할 것이 아닌가 생각이 든다.*

필지必至와 필연必然

필지必至는 반드시 오는 것이고 필연必然은 반드시 그런 것이다. 이 말은 전국책全國策편에 필연必然의 이치에 대해서 제나라 문왕 때 있었던 일을 기록한 것인데, 맹상군이 재상의 자리에서 쫓겨났다가 다시 돌아오게 되었는데 담습자譚拾子가 멀리까지 마중 나와 맹상군에게 물었다.

'상공께선 제나라 고관들을 미워하고 계시겠지요?'

'물론이지'

'죽여 분풀이라도 하실 생각이십니까?'

'그럴 생각이오.'

'일에는 반드시 오는必至 것이 있고, 이치에는 반드시 그런必然 것이 있는데 아십니까?'

'모르오.'

'반드시 오는 것은 죽음이며, 반드시 그런 것은 부귀하면 사람이 모여 들고, 비천하게 되면 반드시 떠나가는 것입니다. 시장을 예로 들겠습니다. 시장은 아침에는 사람이 꽉 차 있지만 저녁이면 텅 비게 됩니다. 아침이라서 시장이 좋고, 저녁이라서 시장이 나빠서 그런 것은 아닙니다. 필요한 것을 얻기 위해 모여들었다가 필요로 하는 것이 없기 때문에 가버리는 것뿐입니다. 바라옵건대 상공께서도 떠나 버린 그들을 괘씸하게 생각하지 마십시오.'

그 말을 듣자 맹상군은 미리 준비해두었던 보복 대상자 오백 명의 명단을 꺼내 없애버린 다음 두 번 다시 입 밖에 내지 않았다는 이야기다.

지금 우리나라는 지역 단체장들과 지방의원들이 새로이 선출되어 열과 성을 다해 열심히 노력 봉사하겠다는 각오로 업무에 임하고 있는 것 같다. 지금 정부에서는 과거사청산란 미명아래 정권 연장 및 정략적으로 이용하고 있는 것 같다. 혹여나 선거 때나 개인의 감정 때문에 보복적 심리를 가지고 업무를 본다거나 생각하고 있는 사람들이 있다면 담습자譚拾子의 진언을 한번쯤 생각해 보기 바란다.

인간사에는 잘못을 하면 대가의 $必至$가 자신에게 주어진다는 생각을 가질 때 죄의 늪에 빠지지 않을 수도 있지만 한편 모든 결과에 대한 것을 $必然$으로 받아들이면 크나큰 오류에 빠지기 쉬울 수가 있다. 인간이 사회생활을 하는데 있어서는 우연偶然과 개연성蓋然性이 다르게 되어 있는데 계획하고 노력하지 않는데도 자신에게 닥쳐오는 각종 사고나 행운 등을 잘 운영하고 처리하면 자신에게 이로움을 가져 올 수 있지만, 그것에 대한 자만심을 내세우고 자신의 우월과 아집과 집착에 연연하면 남에게 크나큰 화를 줄 수 있다는 이치理致를 알아야만 되겠다.

또한 우리말에 '아직'의 부사어가 있는데 그 뜻은 때가 되지 못함, 이미 있던 일이 달라지지 아니함으로 까지와 결합하면 희망적이라는 뜻이 된다. 이 순신 장군이 임진왜란 때 '우리에게는 아직도 12척의 배가 있습니다.'라는 확고한 신념에 찬 각오로 국민들에게 희망을 주었기 때문에 명랑해전에서 대승리를 이끌었던 것이다. 반면에 지긋지긋하고 지겨운 일을 당하면 '그 사람 아직도', '그 일을 아직도'하고 보기 싫은 사람에게는 임기가 얼마 남아 있지 않은데도 '아직도 얼마나 남았어.'라고 하며 아직(Yet)을 부정어로 사용하게 되면, 국민들은 싫증을 갖게 되는 것이다.*

심중천국

우리의 마음에 평온함을 가져와서 마음의 천국을 이루어보자. 현 사회는 너무나 각박한 현실 속에 '나'자신을 잃어버리고 타의에 의해 즉 물질문명의 발전 때문에 물질만능주의에 흠뻑 젖어 있는 것이 사실이다. 향락과 쾌락주의 사상이 국가에 언제부터 이렇게 만연하게 되었는지 남이야 죽든 살든 나만 잘살고 나만 즐거우면 그만이다는 식의 개인주의 사상때문에 공동체의식과 민족관과 국가관이란 찾아볼 수 없게 되었다.

길거리를 잠시 살펴보노라면 서로 앞 다투어 가려는 택시들의 경적소리가 귀를 따갑게 울린다. 골목골목마다는 불법 주차한 차량들 때문에 사람이 통행하기조차 힘들 정도이다. 우리는 이 모든 것들이 남을 탓하기 전에 나 자신부터 스스로 반성하고 시정해야만 하겠다. 나도 이제 60넘은 세상을 살아왔지만 과연 청소년들이 길거리에서 방황하고 부도덕한 행동을 한때 얼마만큼 시정해주려고 노력했으며 내 자녀들에게 몇 번이나 윤리와 도덕과 옛 조상들의 슬기롭고 평화로웠던 이야기를 들려주었던가를 생각해 볼 때 너무나 나 자신이 부끄럽기만 하다. 그러나 이제는 우리도 그 무엇인가 해야만 할 때가 온 것이 아닌가? 아니 내가 무엇인가 조그만 일이라도 해야 될 때인 것 같다.

우리인간은 무에서 왔다가 무로 돌아갈 것이 아닌가? 아무리 억만장자가 되었다고 하더라도 그 많은 재화를 지니고 가지는 못할 것이며 저 무덤 속에서 한 평 남짓한 땅을 더 차지하려고 몸부림을 쳐봐도 그 모든 것은 이루어지지 못할 것이며 그리고 죽은 후에 천국을 가려고 여러 가지 신앙을 믿고 각 개인의 신앙으로 천국을 향하여 기도하고 고함쳐보지만 그것은 우리 인간으로서는 아무도 알지 못하는 이상향의 세계에 불과한 것이다.

그렇다면 현재 생존하고 있는 동안에 천국에서 생활할 수는 없는가를 생각해보면 우리가 흔히 말하는 인간만사 마음먹기에 달렸다고 했듯이 마음먹기에 달린 것이 아닌가? 마음의 문을 활짝 열고 누군가 말했듯이 마음을 비우고 모든 생활을 할 때 천국이 올 것만 같다. 이제 우리는 한번쯤 우리주위를 살펴보고 나 자신을 뒤돌아 볼 때가 온 것이다. 자신의 현 위치에서 자신의 역량 범위내에서 나는 얼마만큼 남을 위해서 일했던가? 내가 지금까지 노력하고 고생하고 발버둥치고 일해서 현재까지 모은 재화는 과연 무엇 때문인가? 내 한입에 밥알을 넣고 한줌 흙으로 돌아가기 위함이 아니던가? 우리는 한입의 밥알을 위하여 남을 희롱하고 거짓하고 폭행하고 욕설하고 야유하고 아부하고 투기하며 갖은 수단과 방법을 가리지 않고 밥알을 구해 입에 넣은 결과 그 밥알은 과연 달콤한 것이었던가?

  농부가 들에 나가 땀 흘리고 노력한 밥알의 맛은 과연 어떻겠는가? 남을 욕하고, 시기하고, 속이기 전에 용서하고 양보하며 마음의 평안을 가지면 이것이 곧 천국의 맛이 아니겠는가? 이제 우리는 이 지구상에서 어떤 민족보다 더 위대한 민족이며 찬란한 문화와 역사를 지닌 민족임을 세계만방에 고할 때인 것이다. 아! 겨우 십 여년 전만 해도 이 지역에 울타리도 없고 도둑도 없이 저 푸른 설봉산기슭의 정기를 듬뿍 품고 이웃의 기름질냄새에 입맛을 다시머 어름밤 모깃불 잎에 있을 때 '할미니 올이무니기 소당떡(빈대떡) 갖다 주려요'하던 그 시절이 과연 이제 영영 이 지역에서 사라질 것인가? 이제 우리 각자 일어나 진정한 빛을 발하여 심중천국을 이루고 이 지역을 그 어느 지역보다 오순도순 살기 좋은 이천지역으로 만들어 봅시다.*

바가지

　밤낚시를 하던 중 월척인 줄 알고 끌어내어보니 쪽바가지가 딸려 나왔다. 화가 나서 깨어 버릴까하다가 집으로 가져와서 살펴보니 문득 추억속의 바가지 생각이 나서 얼마 전에 결혼시킨 큰아들놈에게 말려서 가져다주어야 되겠다고 생각하고 있다. 가을 농촌 초가지붕위에 하얗고 둥근 박들이 다소곳이 보름달 모양 앉아 있는 모습이 우리들의 뇌리에 상상의 그림으로 밖에 비쳐지지 않는 것을 볼 때 섭섭함과 허전한 느낌이 든다.

　내가 어릴 적 시골농촌에서 찬 서리 맞은 박을 지붕과 울타리에서 따서 아버지와 톱으로 타서 속은 동물에게 주고 일부는 말려서 먹고, 큰 가마솥에 삶아 잘 긁어내어 음지에서 말린 바가지를 잘생긴 놈은 물바가지로 쓰고, 조금 못생긴 놈은 돼지 죽바가지로 쓰고, 조롱박은 동동주 바가지로 사용하고, 동그랗고 찌그러진 박은 통째로 속만 긁어내어 각종 씨앗을 담아 두고, 가장 못생기고 튼튼한 놈은 오물통바가지로 사용하던 바가지는 시골 농촌에서 이모저모로 쓰임새가 다양했고 우리들의 생활에 없어서는 안되는 필수품 역할을 하기도 했다.

그러나 지금은 플라스틱용기가 점유해 버려서 '박'의 모습을 찾아보기 힘들고 이따금 장식용품으로 가정에 걸려 있는 모습을 볼 수 있을 뿐이다. 바가지의 용도는 잘생기고 못생김에 관계없이 적재적소에서 버릴 것 하나 없이 적절하게 사명을 다 했던 것이다.

바가지를 바가지 용도로 잘 다루고 사용하지 못하고, 바가지로서의 사명을 다하지 못하면 쪽박 깨지는 소리가 나서 쪽박만 깨지는 우愚를 점할 수 있는 것이다.

우리 인간은 '빈손으로 왔다가 빈손으로 간다.'는 평범한 진리를 깨닫고, 속을 다 비우고 사용처를 기다리는 바가지와 같이 기다리는 마음으로 그 사용처에서 용도를 다하고, 임무를 다할 때 가을 초가지붕 위의 둥근 보름달처럼 둥그렇게 앉아 있는 모습에 누구나가 향수를 느끼고 풍족함과 포근함의 정을 느낄 수 있을 것이다. 초가지붕 위에 빨간 고추와 함께 앉아 있는 둥그런 박의 모습을 그려본다.*

아~ 선생님!

5월 15일 스승의 날이었다. 내가 어린 초등학교 때는 장차 네가 커서 무엇이 될 거냐? 물으면 선생님, 대통령, 장군이 될 거라고 많은 어린이들이 대답했다. 그런데 요즘 어린이들은 다양한 직종의 개인취미와 자신이 각종 뉴스 매체에서 본 직업을 희망하고들 있다. 이것은 우리나라 어린이들이 세계화 되어가고 세계경쟁 속에 살아가는데 올바른 교육행정이라고 생각이 든다.

그러나 지금 학생과 교사들 간의 생각의 차이는 너무나 개인주의와 직업적인 것으로 국한되어가고 있는 느낌이다. 이제 선생님(스승)에 대한 우상은 없어져가고 그저 나를 가르쳐주는 직업인(봉급자)과 돈을 지불하고 그 대가로 가르침을 받는(고용주) 상업적 관계로 되어가고 있다. 왜 이렇게 되었나? 학교가 개인기업화 되어

이사장이라는 사람이 총장, 교수, 교장, 교사들을 갖은 수단과 방법(법망을 피하는)으로 임명하고, 각종 비리(세금포함)로 학교기금을 개인 것 인양 착복하는 것을 교육감독원이라는 곳도 눈감아주고 인원이 부족하다는 핑계를 대다보니 전교조라는 단체를 조직하여 이것을 타파해보자면서 어린 학생들을 좌경화교육으로 치우치게 교육시키면서 노동자 단체모양 노조를 결성하여 무슨 일만 생기면 머리에 붉은 띠를 두르고 수업을 막고 있는 광경을 볼 때 어린 청소년들은 무엇을 배울 것인가?

또한 학부모들은 내 자식만이 최고라며, 내 자식이 선생님께 조그만 벌을 받고 오면 쫓아가서 아우성을 치는 세상이 되어가고 있고, 심지어는 교사들의 체벌로 교사를 고소, 고발을 하는 보도를 신문지상에서 접할 때 무엇인가 교육정책이 잘못되어 가고 있는 것 같다.

얼마 전에 모 고등학교에 유명인사의 강의를 청취하러 갔는데 학생들이 '국기에 대한 경례'를 하는데도 자기들끼리 떠드는 모습을 보고 나는 경악을 금치 못했다. 한 국가의 국기에 대해서 경의를 표해야 되는 행사에 히히덕 거리며 웃고 떠드는 것을 교사들이 제지하지 못하고, 오히려 멍하니 쳐다만 보는 행동이 과연 학생과 교사(선생님)의 관계이며, 장차 이 나라를 이끌어 가도록 가르치며, 가르침을 받는 학생들의 현실이란 말인가? 오죽하면 강사님이 '내 강의가 싫다고 하면 지금 이 자리에서 다시 돌아가겠다며, 듣기 싫은 사람은 떠들지 말고 이 자리에서 나가'라고 말

씀하시는 모습을 보고 나는 정말 쥐구멍이라도 들어가고 싶은 심
정이었다.

　우리나라 속담에 '스승의 그림자도 밟아서는 안 된다'고 했듯
이 스승에 대한 존경심은 우리에게 너무 컸던 것이다. 또한 누구
라도 학교 때 잊지 못할 스승이 한분쯤은 다 있을 것이다. 지금도
나는 중학교 때의 담임선생님을 잊지 못하고 있다. 현재는 돌아
가셨지만 이날이 되면 생각이 나고 선생님의 가르침이 내 생에
교훈으로 항시 나를 채찍하며 나를 반성해보는 계기가 되곤 한
다.

　학교를 세운 이사장님이나 선생님이나 학생들 전부가 이런 부
류에 속한다고 보지는 않는다. 오히려 진정한 교육자, 선생님, 학
생들이 더 많이 있다고 생각하지만 생활의 부유함과 삶의 질의
향상 때문에 참 교육자와 참 스승의 가치가 떨어져 가고 있음에
분노할 뿐이다. 논어 첫편에 '학이시습지學而時習之면 불역열호
不亦說乎아' 배우고 때때로 익히면 이 어찌 즐겁지 아니한가. 라
고 했듯이 가르치고 배운 것을 실행에 옮기는 것은 모든 우주 만
물의 근원이며 본성인 것인데 인간은 교묘한(편하고, 편리하고, 즐거
운)것을 터득하여 나我를 위해서만이 모든 것을 존재시키고, 존재
하려고 하기때문에 '참'이 없어져가고 있는 것이 참으로 안타깝
다.*

아내의 여우목도리

　금년 겨울은 유난히 눈도 많이 왔고 추위도 평년 기온을 훨씬 넘어선 강추위가 계속되었다. 아내와 결혼하여 같이 생활한지도 30년이 다가오고 있다. 강산이 세 번이나 변하는 세월동안 나는 아내의 깊은 속마음을 읽어내지 못했다. 어제나 오늘이나 또 내일도 그저 내 옆에 있고 그저 이렇게 이날을 위하여 현 위치에 만족하며 살아가는 것이 부부인줄 만 알았다.

　그런데 지난 추위에 ‘여보 나 여우목도리 하나 살까?’하고 아내가 말하기에 ‘그래’하며 대답을 하였는데 아내는 그것을 사지 않고 있다가 추위가 지난 요 며칠 전에 또다시 ‘여보 요새 겨울상품 세일기간이니 나 여우목도리 하나 살까?’하기에 ‘겨울도 지나갔는데 다음에 사지 뭐’하며 내가 말했다. 아내는 무척이나 서운했는지 얼굴 표정이 굳어져 전에는 전혀 보지 못했던 표정이었다. 나는 '아차 내가 잘못했구나!'하며 아내를 이해시키며 여우목도리를 구입하라고 다정히 이야기 했다. 아내의 얼굴은 즉시 변하며, 좋아서 어쩔 줄 몰라 했다. 아내는 여우목도리를 하나 사 가지고 집에 들어와 이리보고 저리보고 목에 걸면서 너무나 좋아했다. 나는 얼마 주었느냐고 물었다. 십 오만 원짜린데 삼만 오천 원 주었다고 했다. 삼만 오천 원짜리 여우목도리! 나는 그 소리에 눈물이 핑 돌았다. 삼십 수년을 나와 같이 눈이오나 비가 오나 괴로울 때나 즐거울 때나 그리 평탄치만은 않은 세월을 두 아이를 키우고 가르치며 내조해 온 아내를 위하여 이 삼만 오천 원짜리 여우목도리 하나 때문에 저리 좋아하고 기뻐하는 아내인 것을……. 아내는 밤새 잠을 설치며 내일 아침이 추워졌으면 좋겠다며 아침이 되자 창밖을 내다보며 그리 춥지도 않다며 투덜거리고 있었다. 그리고 날씨에 걸맞지 않게 여우목도리를 두르고 성경책을 들고 교회로 향했다.

지금 우리의 경제는 너무나 파탄지경에 빠져있고 신문기사와 TV뉴스를 보고 듣기가 겁이 난다. 해도 해도 너무하고, 했어도 너무했다고 나는 생각하며 참음이 있어야 되고, 통제가 있어야 하고, 화합과 대화하게 되면 아내의 여우목도리에 기쁨을 맛볼 수 있을 것이라고 나는 생각해본다. 적은 것을 아낄 줄 알아야 많은 것을 모을 수 있으며 작은 것부터 실천하고 생각할 때 큰일을 생각하고 큰 것을 이루 수 있을 것이다. 아내의 목도리는 진짜 여우목도리가 아닌 인조모피라는 것을 나는 나중에 알았다.

논어 정치 편에 볼 것 같으면 '기신정其身正이면 불령이행不令而行하고 기신부정其身不正이면 수령부종雖令不從이니라.'고 했다. 자기 몸이 바르지 못하면 비록 명령할지라도 복종하지 않는다는 뜻이다.

우리 사회는 너무나 남의 탓만 하고 있는 것 같다. '내 탓이요.' 할 때 사회는 부드러워지고 '미안합니다.'라고 먼저 인사할 때 상대방과의 대화는 이루어지는 것이다. 이제는 제발 '나'부터 반성하는 우리가 되고 정치가 되었으면 하며 내일쯤 날씨가 추워져 아내가 여우목도리를 두르고 차가운 겨울바람을 맞아보는 느낌을 맛보았으면 하고 기대해본다.*

뭐라고 말할까?

몇 년 전 미국 버지니아주 공과대학에 한국계학생인 조승희가 미美사상 최악의 총기 사건인 33명의 사망자를 낳고 17명이 다쳤다는 저녁 TV뉴스 특보자막을 보면서 어안이 벙벙했다. 처음 나의 머리로 스쳐가는 것은 우리는 이제 뭐라고 미국인에게 말할까? 하는 생각이 들었다. 몇 년 전에 미군탱크에 중학교 여학생 2명이 사망한 것에 대해서 많은 사람들이 촛불시위를 하며, 미군 물러가라고 몇 날 며칠 밤을 전국을 휩쓸며 아우성을 쳤다. 이제 미국에 살고 있는 200여만 명에 이르는 재미교포들은 그들에게 뭐라고 말해야 하나. 한번 그 당시 촛불시위에 5, 6살 어린아이들에게 촛불을 들게 한 어른들은 어디한번 말을 해 보라. 과연 우리 동포 학생이 무차별적인 총격을 고의적으로 한 사건을 무엇이라고 변명할 것인가? 미군 병사는 군 작전수행 중 탱크에 인명사고가 난 것을 가지고, 미국 대통령에게까지 공개 사과할 것을 요구하고, 6·25 당시 우리의 운명을 건져주었고, 지금 우리의 국토를 지켜주고 있는 미군을 물러가라고 큰소리치던 그 사람들은 과연 무엇이라고 말할 것인가?

모든 것은 기성세대인 우리들의 책임이 너무나 크다. 우리들이 젊은이들에게 생명의 귀중함을 가르치지 못하고, 진정한 인간의 삶의 가치를 가르치지 못하고, 나와 너와 우리의 철학의 이념을 심어 주지 못한 우리 기성세대 탓이다. 우리는 잘 살아보자. 잘 먹고, 잘 입고, 잘 놀아보기 위해서만 혈안이 되어 모든 것을 빨리빨리하는 것만이 최상인줄 알았지 어떻게 하는 것이 '잘'이라는 것을 깨닫지 못하고, 그저 양적인 '잘'에만 치우치다보니, 질적인 '잘'을 망각하고, 우리 젊은이들에게 '잘'이라는 것을 잘못 인식시켜준 책임이 있는 것이다.

지금 TV 오락물과 연속극을 보면 연예인들의 호화스런 생활모습을 돌아가며 내보내는 장면에서 기업 상품 선전을 위해서 호화스러운 각종 의류, 가구, 전자제품, 각종소품들을 협찬 받아 은연중에 광고해주는 모습에서 우리 젊은이들은 자신이 현재 처해있는 환경과 비교할 것이고, 영화의 폭력물과 각종 범죄수법을 방영하고, TV 연속극을 하면 모방 하고, 불륜 관계의 연속극을 하여 인기가 있으면, 덩달아 아침저녁방송마다 상상하기도 싫고, 천만분의 일의 확률이 있을까 말까하는 내용의 파렴치한 친족과의 얽히고설킨 패륜의 행동만을 내보내고 있으니, 과연 어린 학생들과 청소년들은 그런 장면을 보고 어떤 생각을 하고 무엇을 위해서 노력하려고 할 것인가? 정말 밤에 잠이 오지 않는다.

이 국가를 어떻게 일구어온 국가인가? 일제식민지에서 해방을 맞고, 6·25의 민족상잔의 전쟁을 겪었고, 4·19, 5·16, 12·12, 6·29 그러나 우리는 그 파란만장한 세월과 역사 속에서도 굳건하게 민족과 국가를 지켜왔고 지키고 있다. 그러나 지켜야 될 것은 지키고, 가꾸어야 될 것은 가꾸어 나가면서 빛나는 문화와 전통은 계승 발전 시켜나가야만 되겠다. 우리 민족은 정情과 한恨의 민족인 배달의 민족이라는 자긍심을 자자손손 물려주어야만 된다. 지금도 길거리에 서성이는 청소년들이 길거리 골목에서 담배를 피우고, 남녀의 못된 행동을 보면서도 어른들이 오히려 얼굴을 돌리고 있는 현실은 무엇을 말하고 있는가?

각성하자. 깨어나자. 어른들이여! 동전 한 잎 더 벌고, 팔다리 한 번 펴하고, 정욕의 쾌락 한 번 즐기기 위하여 머리띠 둘러메고 소리칠 것이 아니라, 저 청소년들을 위하여 우리 어른들이 무엇을 물려줄 것인가를 생각해보자! 동전 한 잎 물려주고 땅 한 뙈기 물려줌보다 스콧펙(M. Scott Peck)의 '고난은 잠자던 용기와 지혜를 깨운다. 사실 고난은 우리에게 없던 용기와 지혜를 창조해내기도 한다. 우리는 오직 고난을 통해 정신적, 영적으로 성숙할 수 있다.'는 교훈과 같이 스스로 일어날 수 있는 우리 민족의 얼과 문화와 역사를 물려줌으로 상경하애上敬下愛하는 전통이 대대로 이어질 것을 소망해본다.*

노마지지 老馬之智

　제濟나라 환공桓公이 전쟁에서 이기고 돌아오는 중에 눈이 많이 와서 한치 앞도 내다보지 못할 지경에 이르러 모든 장군과 군사들이 우왕좌왕 갈피를 못잡을 때, 관중이 환공에게 '이런 경우에는 늙은 말의 지혜를 빌려보자'고 청을 하여 환공이 받아들여 관중은 나이가 많아 동작은 느리고 보잘 것 없는 말을 수레에서 풀어 놓았다. 늙은 말은 이곳저곳을 살피다가 이윽고 한쪽 방향을 찾아 걸어가기에 그 말 뒤로 군사들이 따라가서 말 덕에 고향으로 돌아가는 길을 찾을 수 있었다는 고사성어인데 늙은 말은 수많은 경험으로 직감적으로 가는 방향을 찾을 수 있었던 것이다.

　현재 우리나라에는 모든 분야에서 어려운 처지에 놓여있다. 이러할 때 우리나라가 현재와 같이 경제대국의 문 앞까지 들어올 수 있는 기반과 터전을 일구어온 원로 분들의 지혜를 빌려 보는 것이 좋을 것 같다. 국가에서는 어느 것 한 가지 국민들의 마음을 흡족하게 할 수 있겠다는 앞으로의 희망과 기대치가 없다는데 문제가 있는 것이다. 어린아이 소꿉장난하듯이 국민들 앞에서 쇼를 하고 있고 어느 한쪽도 믿음을 주지 못하고, 오히려 그들의 정권욕과 개인의 영달 때문에 영상매체를 통하여 결사항쟁을 하는 모습은 무슨 영화를 한편 보는 듯한 느낌을 받고 있다. 이제 우리나라도 선진국들과 같이 국회 활동의 참모습을 찾아갈 때도 된 것이 아닌가? 그것은 지도자가 된 지도자들의 인격과 자질에 문제도 있겠지만, 오히려 우리 국민 개개인의 정치에 대한 관념과 인식에서 기인된 것 같다고 본다.

최고 경지에 오른 백정은 칼을 자주 갈지 않는다고 했다. 전문적인 사람은 이론과 관습에서 모든 것을 찾을 수 있지만 모든 것을 터득한 사람은 스스로 알아서 해결하는 지혜를 가지고 있다고 했다. 얼마 전 터미널에서 승객이 술에 취해서 자신이 시간표를 잘못 인식하고, 차량이 먼저 출발했다고 매표실 직원에게 욕설을 퍼부으며 생떼를 쓰는 광경을 목격했는데, 나중에 인터넷에 항의하여 관계기관에 고발한 일이 있었다. 그러면 어떻게 하란 말인가? 무조건 서비스업종에 종사하는 사람들은 개인의 일거수일투족에 비위를 다 맞추어야 하는가? 잘못된 인터넷 문화이다.

그리고 내 자신을 돌아볼 줄 아는 아량이 필요한 때이다. 무조건 떼쓰고 큰소리치고, 자신이 소비자며 고객이라는 주장을 앞세워 자신이 갖추고 지켜야 되는 최소한의 노력을 하지도 않고 무조건 책임을 전가시키고, 자신 편의주의에만 사로잡히면 이 사회는 어떻게 될 것인가? 책임지는 행동을 해야 된다. 예를 들어 고구마 밭의 고구마를 쥐가 갉아먹었다면 그것이 이장, 면장에게 책임이 있다고 그 보상을 해야 된다고 하는 말과 같다. 농부는 쥐를 잡으려는 일차적인 노력이 필요하다. 술을 마시지 말라는 것이 아니라 술을 마셨더라도 정신을 차리고 자신의 행동을 한번쯤 생각해야 된다고 본다. 떼쓰기 행태는 통하지 않는 사회가 이루어져야 된다. 질서를 지키고 법을 지키는 사회가 될 때 살기 좋은 사회이고 진정한 행복과 발전이 이룩될 수 있는 것이다. 또한 노마지지老馬之智의 지혜로 어려운 난국을 극복하여 더욱 행복한 사회를 구현했으면 얼마나 좋을 것인가.*

목적目的과 방법方法

　‘목적을 위한 방법이 정당화 될 수는 없다.’는 목사님의 말씀을 지난주에 들었다. 즉, 어떠한 일을 이루려고 목표를 정하여 의지에 따라서 행위를 규정하는 방향인 것인데, 목적론을 주장하는 철학적 사고에서 우주의 사물은 모두가 어떤 목적을 실현하기 위하여 존재한다는 것이라면, 윤리적 측면에서 행위나 의사의 성질이 인생의 최고 목적에 도달할 경향을 가졌느냐 아니 가졌느냐에 따라 선악을 판단하려는 학설이다.

　그런데 지금 우리 사회의 흐름은 목적(목표)을 이룬 후에는 그 과정에서의 방법方法이 선과 악을 구별하지 않고 정당화되어지고 있는 실정이다. 고위공직자 청문회의 답변을 들으면 한결같이 세금포탈, 땅투기, 논문 표절 등의 범죄에 대해서는 너무나 관용을 베풀고 있는 것이다. 우리 국민들은 너무나 경제적인 측면에서만 판단의 기준을 삼는 것에서 탈피해야만 진정한 민주주의 삶의 가치를 찾으리라 믿는다. 부도덕적 행위로 돈을 벌고, 출세한 사람들이 지도자로 계속 선출되고 임명된다면, 이 사회는 도덕성이 없는 사회로 변할 것이고, 소위 말하는 수단 방법을 가리지 않고 돈을 벌고, 출세만하면 된다는 망국적인 사고방식이 만연하게 될 것이기 때문이다.

지금 우리사회 현실을 보라! 깨끗한 사람이 오히려 바보같은 현상이 비일비재한 일들이 만연하는 것을 흔히 볼 수 있다.

이것은 다수의 사람들이 도덕적 기준과 원칙적인 생활을 하고 있는 것이 오히려 바보스럽고 손해를 보고 있다는 느낌을 국민들에게 주고 있기 때문이다.

목적을 이루는 데는 과정의 정당성이 더 중요한 것이다. 우리 국민들은 양적인면 보다 질적인 면에 귀 기울여야 될 때가 되었다. 인간의 행복은 부의 기준보다 마음의 기준이 더 행복할 수 있을 것이기 때문이다.

이 세계에서 가장 행복한 10개 국가 중에는 세계의 지붕이라는 가난한 나라 자원도 없고, 인구도 적고, 보잘것없는 빈곤국가인 부탄이라는 나라가 있다. 인구 40만 명 정도 밖에 안되지만 매사에 만족하면서 행복하게 살고 있다고 한다.

이제 우리는 경제적인 측면에서만 모든 문제를 해결하기 전에 환경과 사회질서와 도덕적 기준이 설 수 있을 때 비로소 사람답게 사는 사회가 도래할 수 있을 것이다.*

당나귀와 노새

노새라는 놈은 당나귀와 생김새가 비슷하기 때문에 착각하기 쉽고, 나 자신도 잘 분간을 못했는데 <잡학사전>에서 살펴보니, 노새와 당나귀는 서로가 매우 다른 성격과 특징을 갖고 있다는 것을 깨달았다. 노새는 당나귀에 비해서 몸집이 훨씬 크기 때문에 힘이 무척세고 거친 성격을 갖고 있어, 제멋대로 행동을 잘하고 피부가 워낙 튼튼해(낮작이 두꺼워) 웬만한 비바람이나 뜨거운 햇볕에서 잘 견딘다. 그리고 더운 지역이나 높은 지대의 짐나르는 작업에는 적당한 체질을 가지고 있다.

그러나 당나귀는 노새에 비해 몸집은 작지만 오랜 시간 물을 마시지 않아도 견딜 수 있으므로 먼 거리를 걸을 수 있고, 거친 먹이를 먹여도 여간해서 병에 잘 걸리지 않기 때문에 사막지역이나 험준한 산악지대를 통과하는 긴 여행에 적당한 체질을 갖춘 동물이다.

당나귀와 노새의 가장 중요한 차이점은 당나귀는 새끼를 낳아 종족을 번식할 수 있어 대를 이어 당나귀라는 유전자를 오래도록 지속시킬 수 있는 반면에 노새라는 놈은 숫당나귀와 암말사이에서 태어난 일대잡종이기 때문에 자기들끼리는 새끼를 낳을 수가 없어 종족을 지킬 수가 없다고 한다.

지금 우리나라의 각 정당의 역사를 살펴보면 당나귀와 노새의 차이점과 같이 노새당이 생겨서 당나귀당 행세를 하다가 태반이 일대에서 끝이 나고 있는 형국이다. 그리고는 또다시 당나귀와 말이 교미(합당)하여 노새를 낳고 있는 것이다. 열린 우리당(노새)이 새천년 민주당에서 태어나와 또다시 사분오열 되어 노새당을 만들고 있고, 한나라당은 당나귀 행세를 하고 있지만 언세 또다시 어떤 노새당이 탄생할지 그 누구도 알 수 없는 형국이다.

노새란 놈은 노새노새 젊어서 노새하면서 힘을 과시하며, 이 눈치 저 눈치 살필 것도 없이 힘으로만 밀어 붙이려고 하기에 노새란 놈은 싫증이 나고, 당나귀란 놈도 당당하게 한다면서도 또 언제 말이란 놈과 붙어먹어 노새새끼를 낳을지 몰라서 위험하다.

이와 같이 지금 우리나라 각 정당들은 개인의 이익과 당리당략에 혈안들이 되어 국민들이 무엇을 갈망하고 있는지를 분별하지 못하고 있는 것이다. 우리나라 각 당의 역사는 선진국의 수십 년에서 백여 년 이상의 역사를 자랑하는 당사를 보면 부끄럽기 짝이 없다.

　이제 우리나라도 지도자(대통령 등)를 지낸 분들이 시골유치원이나 대학 강사로 활동하며 자라나는 새싹들과 청소년들에게 신선하고 상큼한 바람을 불어 넣었으면 한다.*

군인과 명예

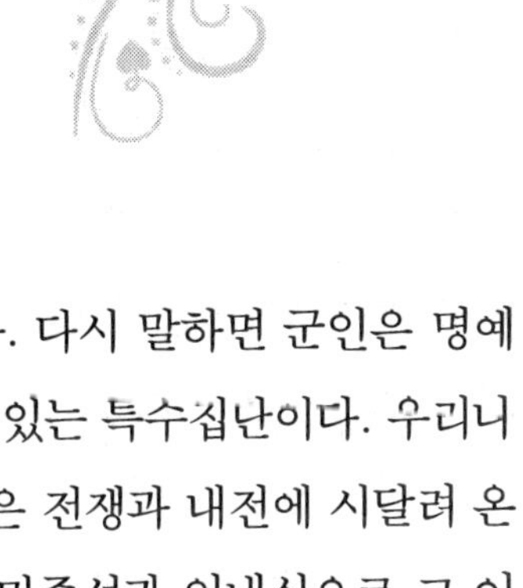

　군인은 명령에 살고 명령에 죽는다. 다시 말하면 군인은 명예에 살고 명예 때문에 죽는다고 할 수 있는 특수집단이다. 우리나라는 5천년 역사를 내려오면서 수많은 전쟁과 내전에 시달려 온 피와 땀과 눈물을 흘리면서, 끈질긴 민족성과 인내심으로 그 어떤 압박과 시련 속에서도 꿋꿋하게 이 민족 이 국토를 지켜온 자랑스런 민족이다. 이런 민족을 지켜온 집단은 군인이다.

　고구려를 탄생시킨 다물군과 임진왜란시 왜군과 싸운 의병과 일제 식민지 때 일제에 항거했던 독립군은 민간인으로 구성된 하나의 군의 집단인 것이다. 그때 국민들이 나라를 지키겠다는 명예심이 없었더라면, 지금의 우리는 존재할 수 없었을 것이다.

　군인의 길이 '인생을 썩히는 곳'이라는 정신이었다면, 과연 6·

25 당시 학도병들이 가방을 던져버리고, 이 국가를 지키겠다는 일 념으로 총을 들고, 전화 속으로 들어가 장렬하게 전사할 수 있었 을까? 나는 병사들에게 '군 생활이 절대 인생의 마이너스가 아니 다.'라고 목청이 터져라 강조하고 실득시켰다. 최전방 소대장시 절에는 이 세상에서 가장 떳떳한 애국자와 남자다운 남자는 바로 여기 있는 여러분들이라고 교육 시켰다.

왜냐하면 첫째 신체조건인 '건강'이 갖추어졌고, 둘째 소위 '빽'이나 '권력', '재력'에 의지하지 않고, 최전방 철책선까지 온 것은 올바른 정신이 있었기 때문이라며, 병사들에게 올바른 생각 과 사명감을 가지고 군 생활에 임할 것을 강조했다.

제대 후에는 내 자식 두 놈들이 군에 안가는 것이 '신의 아들' 이라는 유행어를 말할 때는 혼쭐을 내면서 군 생활을 마치게 했 다. 이제는 그들에게 할 말이 없어졌다. 자살한 군의 최고 통수권 자가 군 생활은 인생에서 썩는 곳이라고 말하였고, 군 조직이 무 슨 소굴인 것처럼 지휘관들을 몰아붙이고 있었으니, 어느 부모가 자식들을 군에 보내고 싶을 것이며, 자라나는 청소년들이 군에 가는 것을 자랑스럽게 생각할 수 있을 것인가?

군의 집단은 전쟁 시에는 생명을 좌우하는 특수 단체이다. 이 해타산을 따지는 곳이 될 수 없다. 그것은 평소에 엄격하고 철두 철미한 교육훈련으로 땀 한방울이 피한방울과 같을 수 있다는 신 념을 인지認知시켜야만 된다. 6·25 당시 '육탄 십용사'들은 자 신이 죽을 것을 뻔히 알면서도 폭탄을 가슴에 안고, 적의 진지 속과 탱크 속으로 돌진하여 자신을 숭고하게 산화시키며 목숨을 초 개草芥 같이 버렸다. 이것은 명예심과 명령계통인 지휘체제가 갖 추어지지 않았다면 도저히 상상할 수 없는 것이다.

한 국가를 지탱하려면 반드시 군이 존재해야만 된다. 군 조직 과 군 생활을 정치쟁점화 해서는 절대 안 된다. 그러면 '군의 의 무복무를 아예 없애버린다'라고 하면 인기가 더 올라갈 것이다라 는 착상은 정말 자가당착自家撞著에 빠진 언행이다. 이제는 우리 국민들도 사탕발림식의 '소경 제 닭 잡아먹기'식의 우를 범하지 는 않을 것이다.

제발 이제는 정치지도자들이 군의 명예를 훼손시키는 언동을 해 서는 안되겠다. 손자병법에 병자病者는 국지대사國之大事요. 사생 지지死生之地오. 존망지도存亡之道니 불가부제야不可不祭也니라. 전쟁은 국가의 가장 중대한 일이고 국민의 생사가 달려 있는 것 이며, 국가 존망이 달려 있는 것이니, 신중하게 살펴야만 된다고 했듯이, 국가의 안보는 백번 튼튼하게 해야 되고 이제는 군에 갖 다온 것이 부끄러운 것이 아니라, 누가 뭐라고 해도 자랑스럽게 자랑할 날이 꼭 올 것이라고 믿는다.*

전광우 수필의 특성

채수영(시인. 문학비평가. 문박)

1. 글은 사람이다

'글은 사람이다'는 불란서의 뷔퐁이 한 말이다. 글은 작가의 인품이나 성정性情뿐만 아니라 인격이나 사상은 물론 인간의 특징까지도 알 수 있는 표정이 된다는 의미이다. 일상에서는 숨기고 위장할 수 있지만 글의 표현에서는 진실만이 위력을 발휘하는 점에서 가치를 갖고 있기 때문이다.

수필은 글을 쓰는 사람 마음의 진정성을 나타내는 직접성에서 고백의 글이다. 가령 시가 시적 장치를 갖추고 – 비유와 직유 혹은 은유, 상징, 아이러니, 역설 등의 기교技巧를 필요로 한다면 수필은 사실성에서 뿐만 아니라 시적인 유연성을 갖추기 때문에 에

둘러 가는 글이 아니다. 부드러운가 하면 논리의 정치精緻함이 스며있어야 하고 때로는 호소로 엮어지는 엄격성을 갖출 때 비로소 수필의 표정은 의미의 숲을 갖추게 된다.

　2. 전광우를 만나면

　전광우 - 그를 만나면 편하고 좋다. 어쩌다 부산이나 지방을 갈 경우 그의 사무실에 들르면 어김없이 웃고 나오는 그의 표정은 이웃 아저씨의 친근한 풍모일 뿐 아니라 다감한 어감에 묻은 뉘앙스에는 친절이 몸에 베어있음으로 따스한 인상을 준다.

　아울러 그와 한 잔의 차를 마실 경우에는 그의 삶이 어떤 지향점으로 살아왔는가를 단번에 직감하게 된다.

　정확하고 틀림없는 완벽성을 알게 된다. 정확과 완벽성은 때로 차가운 느낌을 줄 수 있지만 그런 기미는 찾기 힘들다는 점에서 이성적이면서도 인간미를 풍기고 있기 때문이다. 아마도 전광우는 이런 인간성에서 믿음을 무한으로 보내는 품성같다.

　그를 만나면 삶에 바른 면모를 알게 된다. 한 치의 빈틈도 없이 살려는 일은 때로 어지러운 당혹성과 만나게 될 경우가 허다할 것이다. 그는 대 사회적인 울분 앞에서 직설적이고 꾸밈이 없는 논리가 주요 무기로 작동된다. 역사의 정통성과 그런 기준을 가지고 이천의 혹은 나라의 걱정을 짊어지고 고민하는 그의 고뇌는 때로 칼럼의 무기가 되었고 자기 삶의 의미를 구축하는 방편으로 분주한 사람이다.

가끔 그를 만나면 내가 즐거운 이유가 이천에서 호흡하고 산다는 또 다른 의미로 이해될 때, 가슴이 따스함을 갖게 되고 오래오래 기억으로 이어오는 이유가 인간미의 바름에서 찾을 수 있다는 나의 고백이다.

3. 그의 주장들

전광우는 우국지사와 같은 생각이 지배적이다. 그의 칼럼의 주요 모멘트는 불의와 불합리에 도전의 깃발을 날림으로써 그의 올곧은 정신을 만나는 지름길이기 때문이다. 이제 그의 주장을 옮겨 설득될 계제이다. 최근에 구제역에 대한 직설적인 이야기는 공감이 된다.

지금 우리나라를 휩쓸고 있는 구제역을 한 번 살펴보자. 정말 재앙이라고 볼 수밖에 없다. 애지중지 키우던 자식 같은 동물들이 죽어 묻히는 광경을 차마 눈뜨고 볼 수 없는 모습을 볼 때 애간장이 타들어 간다. 그런데 어느 신문 보도에서 구제역이 발생된 국가를 여행하는 것을 누가 반대하지는 않았다. 그러나 철저한 방역을 한 뒤에 집에 들어왔어야 될 터인데 그러지 않았다는 것이다. 우선 일차적인 책임은 자신에게 있다는 것을 알아야 한다. 구제역에 대한 보상도 무조건적인 보상을 해서는 안된다. 철저한 조사를 한 뒤에 형편에 맞는 보상을 해야 한다.

<퍼주는 것 만이 능사가 아니다> 중

방역을 위해 길가에 늘어선 승용차들의 행렬을 보면 짜증이 난다. 느닷없이 약을 맞다보면 시야를 가려 앞을 분간 못하는 위험을 야간에 당해본 사람이면 아찔했을 것이다. 정작 돼지농장의 문제 — 큰 사료자동차나 분뇨를 실어 나르는 자동차와 동물을 실어 나르는 차들이 모두 대형차들에 얼마나 소독을 철저히 했는지 알고 싶고, 농장주의 자동차 또한 그렇고, 그 식솔들이 타고 다니는 승용차를 철저히 방역을 잘했는지 의심이 간다.

전광우의 글처럼 도둑질하러 담을 넘다 다친 도둑놈이 장애인이 되었을 때, 평생을 장애인의 특혜를 주는 것 같은 책임소제가 없는 보상 또한 문제다. 장사하다 망하면, 중소기업을 운영하다 망하면 이 또한 모두 보상을 해주어야 한다는 발상이나 다름이 없다는 뜻에서 예리한 주장이다. 공정하다는 것은 균형이 맞아야 하기 때문이다.

지금 4대강은 그 강바닥과 주변의 생태계가 병들고 썩어가고 있는 현실이다.그리고 홍수 피해와 물 부족 현상을 타개하기 위해서는 4대강을 살리는 계획은 어떤 정치적인 목적을 떠나 이 국가의 미래를 위해서는 반드시 해결해야만 되는 시점이라고 본다.

<4대강 살리기>

우리나라 정치는 극과 극의 흑백에 영일이 없다고 한다. 나이를 먹으면 막히고 힘없는 혈관을 뚫어주는 혈압약의 이치처럼 강江도 그런 이치와 다름이 없을 것이다. 도롱뇽을 지킨다는 명목으로 얼마나 많은 돈을 허비했고 또 미국소고기를 먹으면 광우병으로 죽는다는 협박으로 국론을 분열했던 설익은 환경론자들은 지금 무슨 말을 준비하고 있는가. 지금 도롱뇽은 지천으로 우글거린다고 한다. 또한 촛불을 들고 맹목으로 설쳐댔던 사람들은 '지나면 말고식'의 무책임한 발언과 행동으로 나라를 어지럽히는 일에 질타의 논리가 전광우의 가슴에는 불타고 있다.

언론매체에서는 억지를 부리는 사람들 - 그들을 부추기며 오히려 교묘한 방법으로 사실을 왜곡하고 그 집회 장면을묘하게 자기네 방향으로 유도하는 것은 요설饒舌을 부리고 있는 것이다.

<요설>에서

우리나라 언론매체는 엘로 페이퍼로서의 선동이 주된 무기일 것이다. 치정과 억지 설정의 드라마가 밤낮을 점령하여 국민의 의식을 혼란으로 이끌고 가는 거대한 집단이라는 뜻이다. 벗고 벗어서 어디가 끝인지 모르는 여인들의 허벅지가 내복으로 둔갑하는 지경의 잣대 없는 기준에 모호성은 이른바 성범죄의 부추김

을 자극하고 있기 때문이다. 이런 요설을 바로잡는 일은 곧 국민의 건강을 위해서 토로하는 진정의 수필이라는 점이다.

어른은 어른다워야 하고 어린애는 어린애다울 때, 이런 Decoru-m은 가족의 건강과 사회의 건강이 다름이 아나라는 뜻에서 어른이 있어야 한다. 그러나 어른이 없는 세태가 되었고 아이들이 어른을 농락하는 부도덕의 사회를 위해 분노를 터뜨리는 전광우의 기백은 뜨겁다.

그가 근무하는 터미널에서 여학생들이 담배를 피는 광경을 목도하고 꾸지람을 하면 으레 덤벼들고 시치미를 떼는 <소수의 생떼>를 읽어보면 도덕불감증이 어느새 어린 학생들에게 까지 만연하고 있음을 통곡하고 있다. 이런 원인은 정치가들이 거짓말이 원인遠因일 수도 있고 사회의 총체적인 현상에서 찾을 수도 있는 문제점이라는 전작가의 지적은 울분을 넘어 아픔으로 디가온다. 이는 누구의 특정된 문제가 아니라 사회의 모든 책임이 있기 때문이다.

북한의 만용에 우리도 핵을 가져야 한다는 주장이나 좌파들의 발호에 냉철한 비판은 그가 보수라는 이미지를 넘어 옳고 그름을 분간하는 이성적인 주장이라는 점에서 공감의 끄덕임이 다가온다. 그런가하면 남편으로의 따스함을 아내에게 보여주는 모습에서는 평화로운 가정의 화목함이 오늘의 전광우가 바른 말과 냉철함을 유지하는 근거로 이해된다.

저자 약력

전광우

충북제천출생

충주고등학교 졸업

<순수문학> 수필 등단

정훈장교 예편

<이천저널> 칼럼위원

이천 문협 감사(현)

이천문협부지부장(현)

이천터미널 경한실업(주) 상무(현)

이천재향군의회 부회장(현)

E-mail: kw1496@hanmail.net

아내의 여우목도리

| 초판 1쇄 인쇄일 | 2011년 5월 1일 |
| 초판 2쇄 발행일 | 2014년 10월 31일 |

지은이	전광우
펴낸이	정진이
편집장	김효은
편집 · 디자인	박재원 우정민 김진솔 윤혜영
마케팅	정찬용 정진이
영업관리	한선희 이선건 허준영 홍지은
인쇄처	월드문화사
펴낸곳	새미

등록일 2005 13 14 제17-423호
서울시 강동구 성내동 447-11 현영빌딩 2층
Tel 442-4623 Fax 442-4625
www.kookhak.co.kr
kookhak2001@hanmail.net

| ISBN | 978-89-5628-571-9 *03800 |
| 가격 | 18,000원 |

* 저자와의 협의하에 인지는 생략합니다.
새미는 국학자료원의 자회사입니다.
잘못된 책은 구입하신 곳에서 교환하여 드립니다.